Maman goélande

fable de rue

Données de catalogage avant publication (Canada)

Le Maner, Monique
    Maman goélande
    (Roman/récits)
    ISBN 2-89031-560-6

1. Titre.

PS8573.E531M35 2006   C843'.6   C2005-942544-X
PS9573.E531M35 2006

Nous remercions le Conseil des Arts du Canada ainsi que la Société de développement des entreprises culturelles du Québec de l'aide apportée à notre programme de publication. Nous reconnaissons également l'aide financière du gouvernement du Canada par l'entremise du Programme d'aide au développement de l'industrie de l'édition (PADIÉ) pour nos activités d'édition. Gouvernement du Québec – Programme de crédit d'impôt pour l'édition de livres – Gestion SODEC

Mise en pages : Nadia Roy
Maquette de la couverture : Raymond Martin

Distribution :

Canada
Dimedia
539, boul. Lebeau
Saint-Laurent (Québec)
H4N 1S2
Tél. : (514) 336-3941
Téléc. : (514) 331-3916
general@dimedia.qc.ca

Europe francophone
Librairie du Québec / D.N.M.
30, rue Gay Lussac
75005 Paris
France
Tél. : (1) 43 54 49 02
Téléc. : (1) 43 54 39 15
liquebec@noos.fr

ISBN 2-89031-560-6
Dépôt légal : B.N.Q. et B.N.C., 1ᵉʳ trimestre 2006
Imprimé au Canada

Monique Le Maner

Maman goélande

fable de rue

Triptyque

Lundi, premier jour des poubelles

Le journal de la bête 1

Avant de vous dire comment j'ai abouti dans ce bout de rue avec les autres, il faut que je vous raconte ma vie. Vous la trouverez sans doute à peine croyable. Et pourtant, dans ma tête à moi, c'est comme ça que ça s'est vraiment passé.

La première chose que je me rappelle dans ma vie, c'est le noir. On ne parle pas assez du noir. Il a été mon père et ma mère.

Le noir est froid, comme tout ce qui est mat, opaque, presque terne. Mais personne n'oserait dire que le noir est terne parce que tout le monde ou presque a peur du noir. Il me fait peur à moi aussi, même si j'ai été élevé dans le noir, même s'il faisait noir au dehors et au dedans quand j'ai pointé le bout de mon nez.

Parce que le noir ne réfléchit pas. Il absorbe tout rayon qu'il secoue violemment dans le plus grand des silences et vide de son brio comme le gros trou noir simplement qu'il est.

Le noir ne laisse rien partir. Il m'a tenu dans ses bras bébé, n'a jamais voulu me laisser partir.

Noiraud, noirâtre, noirceur, noircissure. Je suis né dans un tas de noircissements. À ne pas confondre avec ténèbres, obscurité, tout ce que vous voudrez. Car dans le ventre de la machine, je devais bien voir quelque chose, au moins des lueurs entre les charges de puanteurs. Et je devais probablement avoir été jeté dans un coin, sinon, à chaque chargée, j'aurais été écrasé par les ordures. Pas possible autrement.

Ils ont dit que tout de suite après avoir accouché de moi, ma mère a couru me jeter à la poubelle. Elle ne voulait sans doute pas garder la moindre trace. Elle m'a mis au chemin comme ça, tout nu tout gluant tout hurlant. Même pas pris la peine de me placer dans un sac noir ou vert ou même d'épicerie. Et me voilà tout vivant tout cru dans la très grande poubelle en plastique devant la maison que je n'avais jamais connue, vu que je venais de naître, et que je ne connaîtrais jamais, vu que les hommes poubelles m'ont quasi illico ramassé et emporté loin de là.

Les hommes poubelles n'y ont vu que du feu. On les comprend. Un nouveau-né dans une si grande poubelle. Peut-être dans le fond qu'ils m'ont sauvé la vie en me jetant dans la benne sans plus de cérémonie avec les chiures d'aliments et tout et tout. Parce qu'ils m'ont bien jeté, je veux dire jeté bien, de sorte que dans mon coin je n'ai pas été détricoté par la broyeuse.

Le noir, pour revenir à lui, plaquait sur moi son odeur compliquée. Parce qu'il est faux de dire que le noir n'a pas d'odeur, parce qu'il en a des tas d'entremêlées, tandis que l'orange sent seulement l'orange et le jaune le mimosa et le rouge le sang qui bat.

Ça sentait le noir là-dedans. Des relents âcres, doucereux, acides, tout ce que vous voudrez, enchevêtrés dans leurs abattis, dansant comme des petits fous devant le minuscule aveugle que j'étais. Et je voyais. Je me souviendrai toujours de ces petites lumières, trouées dans les épaisseurs, elles tremblaient très fort, on aurait dit qu'elles menaçaient toujours de s'éteindre, si fragiles que ça en serait vite devenu exaspérant pour quiconque de bien constitué. Mais moi, tout bébé sans rien de rien, je m'accrochais à ces lueurs-là comme si elles étaient moi.

Je les revois et les ressens encore aujourd'hui ces lueurs, ces rumeurs, ces senteurs-là. En moi, dans la bête que je suis devenu aujourd'hui.

Jack le concierge

Dans le petit matin teinté d'indigo, les petits êtres commençaient à arriver. Sans grand bruit d'abord. Ils attendaient pour faire du bruit, tout malins qu'ils étaient. Ils attendaient d'être assez nombreux pour piailler, juchés à un bout de la cour de l'école sur la pointe des pieds.

Jack le concierge les regardait comme chaque matin d'hiver patiner un moment puis s'immobiliser dans la neige plus ou moins dure. Il les reluquait ainsi un certain temps, chaque matin, derrière la fenêtre où il courbait, d'un doigt, un cercle plus ou moins grand dans la buée de la vitre.

Certains parents étaient encore là, agrippés de leurs ongles dans le grillage qui enferme la cour sur trois bons côtés, ils resteraient comme ça un sacré bout de temps, ne partiraient que bien après la dernière sonnerie, quand le dernier petit serait entré, avalé par la grande bâtisse briquetée des pieds à la tête.

Jack le concierge ne leur en voulait pas de rester là comme s'ils n'avaient pas tout à fait confiance. Lui non plus n'avait pas vraiment confiance dans le début de chaque journée. En chaque déroulement sans histoire de chaque journée.

Et c'est ainsi que ce matin encore, la tête totalement vide, Jack regardait les petits êtres s'approcher, dandinant leur danse pataude dans leurs gros habits de neige. Il ne les plaignait pas, ni ne les aimait ni ne les aimait pas non plus. Parce qu'il avait toujours su garder ses distances depuis ces cinq années qu'il était concierge de l'école du bout de rue, carré comme sa fenêtre était carrée, toujours un peu givrée comme sa tête à lui, hiver comme été. Humide aussi. Comme son petit deux et demi tout collé contre l'école, qui suintait de partout, sur les murs, derrière l'évier, même derrière la télé.

On disait de Jack qu'il était propre, mais personne n'avait l'autorisation ni le désir d'entrer chez lui. On disait qu'il était propre parce que l'école dans l'ensemble l'était. Bien sûr, il ne fallait pas regarder dans les coins mais on ne se plaignait pas, enfin, pas pour ça, pas pour l'intérieur. Et c'est parce qu'il était quasiment sans reproche pour l'intérieur qu'on comprenait encore moins les saletés de toutes sortes, papiers, sacs de plastique et autres, qui couvraient le sol de la cour. Des parents avaient porté plainte. C'était sa responsabilité, à Jack le concierge, de veiller à ce que les sols soient propres, pas seulement les sols de l'intérieur de l'école et de son intérieur à lui, même si, comme on l'a déjà dit, personne n'avait jamais eu l'occasion ou le plus petit désir d'y entrer. Le sol de la cour aussi.

À ces reproches, Jack posait ses gros yeux noirs ailleurs.

— Nous sommes là pour donner l'exemple, sourcillait régulièrement le directeur.

Jack le regardait. Jack était grand, le type massif avec surtout une grosse mâchoire, des yeux aux ténèbres épaisses sous un front bombé, comme parcouru en permanence par un gros souci qui frisait des rides profondes. Et il ne répondait rien, comme en toute situation.

On était lundi, jour des poubelles. Le premier, parce qu'il y avait deux jours de ramassage des poubelles dans la semaine, le lundi et le jeudi. Les deux jours, le camion de poubelles passait entre cinq et six heures de l'après-midi, parfois un peu avant, rarement plus tard.

C'était jour des poubelles et les petits êtres commençaient à être plus nombreux dans la cour. Leurs ombres s'entrechoquaient sur fond de petit matin de lundi triste. Ils devaient jouer pour passer le temps, se réchauffer aussi parce qu'on connaissait un mois de février glacial, un des plus terribles depuis les débuts de l'histoire de la météo. Les petits le savaient eux aussi puisqu'on ne parlait que de ça et qu'on aurait aussi bien aimé que le directeur ouvre les briques de son école bien avant la première sonnerie, quand les tout premiers petits êtres commençaient à arriver. Une pétition circulait à cet effet.

Ils criaient maintenant ou essayaient, et des buées aussi immenses que des panaches de paquebot sortaient de leurs foulards et de leurs tuques. Jack eut un sourire, comme ça, pour rien, derrière sa fenêtre.

Un petit être passait, lui renvoyait son sourire.

Jack tourne le dos à la fenêtre. Il a autre chose à faire. D'ailleurs, le bleu tire au rose sale.

Il ne comprenait pas pourquoi les enfants l'aimaient. Les parents disaient que c'était parce qu'il laissait tout traîner par terre, dans la cour de l'école du bout de rue.

En face de lui maintenant, il y avait la chambre à coucher. Draps tirés sur petit lit, si petit qu'on aurait pu se demander comment il faisait pour s'y coucher, sous couverture orange. Puis, la cuisine qui faisait aussi office de salon, étouffée par l'ombre. La télé trônait.

Jack le concierge dit à la photo :

— Bonjour, maman.

Et il ajouta :

— Il fait encore très froid aujourd'hui, maman.

Elle le fixait, le sourire figé aux lèvres minces, dans son cadre à bordure argentée sur le téléviseur. Son visage était lisse. Avec son chignon grisâtre pointu, ses yeux embrumés et ses pommettes, elle avait l'air toute fragile, prête à se casser au moindre vent. Bref, ne ressemblait pas vraiment à Jack le concierge qui n'était pas du tout le portrait de sa mère.

Il y avait aussi la dureté de la bouche de la mère, que le sourire esquissé n'arrivait pas à effacer, et ses yeux gris. Avaient-ils toujours été gris ou s'étaient-ils mis à grisonner comme les cheveux avec le cerveau qui partait à la dérive. Car cela faisait belle lurette maintenant que la mère de Jack n'avait plus toute sa tête.

Jack se baigna dans ce regard-là. Il n'irait pas la voir à l'hôpital des vieux sans mémoire aujourd'hui. Il n'avait pas le temps, c'était lundi, premier jour des poubelles. Et il avait beaucoup de travail ces jours-là.

— Maman, il faut que j'y aille.

Il parlait souvent tout seul. Même quand il n'était pas seul.

Puis il dit, encore pour lui tout seul :

— Tu sais, ils ne vont pas me faire le coup encore aujourd'hui.

Parce que cette fois, il ne se laisserait pas faire. D'ailleurs, il avait prévu le coup. Le sac était là, tranquille, dans la cuisine, parfaitement rendu dodu de tous les côtés, insoupçonnable, appuyé à la porte blanc sale qui reliait le deux et demi à l'école.

Jack sourit au sac. Sur celui-là, il veillerait. Non pas qu'il n'eût pas veillé sur les autres mais on l'avait souvent eu au tournant, à la dernière minute, parce qu'ils savent profiter du moindre relâchement de l'attention. À celui-là, il n'arriverait rien. Il avait passé assez de temps à lui donner une forme parfaite, à arrondir les bosses plus anguleuses qu'on ne le pense avec deux ou trois journaux qui auraient dû finir dans le bac vert, fesses et feuilles au vent. Tant de temps pour faire une sculpture innocente de sac de poubelle de plastique noir.

— Maman, il faut que j'y aille.

Il reviendrait chercher le sac quand le temps serait venu.

Jack le concierge sortit de la poche de son pantalon une photo réplique en plus petit de la photo sur le téléviseur. Il dit comme chaque fois :

— Ça, c'est ma mère.

Parce qu'il la montrait à qui voulait et ne voulait pas, sa petite photo, d'un petit geste timide, pas propre, par en dessous comme un exhibitionniste. Parfois, il marmonnait seulement « ma mère », rien d'autre. Ça faisait un certain temps qu'il ne parlait plus aux autres et surtout plus à ses voisins du double duplex d'en face ni à la folle de Rita de la petite maison d'à côté. Eux, ils auraient tellement voulu lui parler, à propos de tout et de rien, surtout la Rita, à toujours vouloir lui parler de sa mère à elle, et le vieux Maurice au chien, la porte en bas à gauche du double duplex d'en face de l'école. Jack eut comme un frisson. Le vieux Maurice au chien avec sa manie de vouloir toujours raconter.

Jack était debout devant la fenêtre côté rue, côté du-plex. Côté cour, il y avait trop de bruit à présent, des éclats de voix acidulés et de petits rires durs, et le rose avait presque tout tourné au gris.

Devant, le bout de rue encroûté de neige. Juste de l'autre côté, la bâtisse double duplex briquetée comme l'est l'école. Dans la bâtisse, en bas à gauche, la fenêtre du vieux Maurice au chien, vitreuse, avec des lueurs opaques d'œil qui a mal dormi. Au-dessus du vieux Maurice, toujours à gauche donc, la fenêtre est noire, tout ce qu'il y a de plus noire. C'est là que vivent les jeunes, comme on les appelle. Des petits nouveaux. Ils sont arrivés dans le bout de rue l'été dernier. Jack les connaît seulement pour les avoir frôlés, à son corps défendant, une ou deux fois sur le trottoir. C'est un couple. La petite a plutôt un gentil sourire. Le vieux Maurice au chien qui vit juste en bas de chez les jeunes et qui est leur propriétaire, c'est-à-dire leur maître, déteste le jeune homme du couple de jeunes. Il a même dit un jour qu'il le tuerait. Il a sa raison, Jack croit la connaître. Et il est vrai que, lorsqu'on sait qui est le vieux Maurice et ce qui se passe dans sa tête de fou et qu'on sait ce que fait le jeune homme du couple de jeunes, il y a de quoi tuer.

Maintenant, un coup d'œil sur la colonne droite du double duplex, deux nids à vieux, juchés aussi l'un sur l'autre. En haut, les deux fous de retraités, lui, Henri, déjà à l'affût, derrière sa fenêtre, sa femme Adrienne derrière lui, cachée de la lumière du petit matin par le dos du mari. Et Henri le fou de retraité déteste Jack, Jack le sait malgré les petits saluts à la va-vite du fou de retraité quand il revient d'une de ses promenades et passe devant l'école, comme ça, sans prévenir, comme pour prendre Jack en faute. Henri le fou de retraité déteste Jack le concierge presque autant que le vieux Maurice hait le jeune du couple de jeunes et que le fou de retraité et le vieux au chien se haïssent mutuellement.

De la belle haine bien grasse, tout ça, pourrait penser Jack mais il préfère comme à son habitude ne pas penser et appuyer son front de chimpanzé contre la vitre. Ça lui donne froid, une sensation qu'il aime et qui le fait grogner.

Reste à parler d'une tache d'ombre, une autre encore, la dernière et pas la moindre, dans la fenêtre du bas à droite, sous le couple des fous de retraités. Enfin, disons que la tache pourrait être là, comme elle l'était encore l'hiver dernier. La vieille aux gros sacs orange. Partie sans crier ouf un peu avant la fin de la dernière année scolaire, quand les petits êtres n'en peuvent plus du grand bâtiment briqueté et qu'ils t'envoient des coups de pieds et de poings à travers les murs et les fenêtres à barreaux et crient qu'ils en ont assez de tout ça, qu'ils veulent partir en vacances dans le soleil et tout ça. Jack connaît bien cette chienlit annuelle. C'était ce moment-là que la vieille aux gros sacs orange avait choisi pour effacer sa tache sur la fenêtre d'en face. Pour de bon. Et depuis, le logement était vide. Le propriétaire et maître de cette colonne droite du double duplex, Henri le fou de retraité, avait sans doute peur de trouver comme locataire un autre monstre du genre de la vieille aux sacs orange ou un locataire comme le jeune du couple de jeunes que devrait endurer maintenant peut-être jusqu'à la mort le propriétaire et maître de la colonne de gauche, le vieux Maurice.

Jack l'appelait la vieille aux gros sacs orange, sans jamais lui avoir parlé. Mais on n'a pas besoin de parler pour appeler quelqu'un en secret. Et la vieille femme aux gros sacs orange, quand elle existait, haïssait autant le couple de fous de retraités que le vieux Maurice aimait la jeune du couple de jeunes.

Il faut dire que lorsqu'elle était encore de ce monde, la vieille battait tous les autres habitants du bout de rue, côté fenêtre. Elle ne vivait, ne bougeait, ne respirait que devant sa fenêtre, plaquée contre la vitre, et Jack la voyait encore, comme il la verrait toujours, avec son corps tout petit, ses yeux tout petits surtout, trous noirs au fond des paupières creuses, dressée devant la fenêtre, emplissant de son souffle court et saccadé le verre et l'ombre.

La vieille ne sortait que les soirs de jours des poubelles, autrement dit le lundi et le jeudi à très exactement seize heures trente. On disait qu'elle faisait faire ses courses par un p'tit gars, lequel p'tit gars avait paraît-il dit à Monsieur Henri, le fou de retraité, que la vieille d'en bas, autrement dit sa locataire, se faisait livrer pas mal de p'tites bières. Jack se moquait bien de tout ça, des p'tites bières et du p'tit gars. Ce qui le réjouissait cependant, c'est que, à cause de l'afflux de toute cette bière, Henri avait peur de ne pas recevoir son loyer de chaque mois parce qu'il craignait que la vieille jette d'un coup toute sa misérable pension dans la broue. Et le dernier jour de chaque mois, Jack le concierge voyait le fou de retraité Henri sortir à pas de loup en avant, sonner à la porte juste à côté, chez la vieille. Jack regardait l'Henri attendre, ne pas vouloir s'engouffrer par la porte entrebâillée, tendre la main et repartir comme un voleur. C'était une des rares fois où l'ombre de la vieille lâchait la fenêtre.

Et puis il y avait les jours des poubelles et des gros sacs orange.

On racontait qu'elle multipliait les sacs. Un sac géant juste pour ses mégots, un autre géant pour ses crachats, un autre géant, le plus rempli évidemment, pour ses carcasses de bières, un autre géant malingre pour ses restes, et tout ça valsait et se trimballait et faisait un vacarme terrible. Car le scénario était pratiquement toujours le même. D'abord, la porte s'ouvrait doucement, elle devait même crisser comme les portes de sorcières. Puis la vieille paraissait, espèce de squelette hirsute, sacs tout autour et dans le dos en hotte de mère Noël, robe sale aux lueurs de gras, chaussons de laine caca d'oie, été comme hiver, les yeux qui fixent d'un côté et de l'autre et hop, les trois quatre marches descendues avec une légèreté qui surprend et vous retourne le cœur. Et puis hop encore, le premier sac orange géant balancé du bout des doigts, virevoltant dans l'air chaud, l'air froid, l'air glacé, la grosse neige, la pluie qui bat, dans les clartés de fins d'après-midi, dans les feux de canicules, dans le noir cru des soirs précoces d'hiver, et atterrissant toujours debout à la lisière du trottoir. Puis c'est le tour du deuxième gros sac orange, même lancer, même atterrissage jusqu'au dernier des gros sacs orange. Tout ça fait grand bruit.

Tout ça aussi couvert, inutile de le dire, par des regards de haine. Pas tant la haine de Jack le concierge, mais celle surtout du vieux Maurice qui sort à son tour. Sort donc presque toujours alors que la vieille regrimpe son escalier, hop hop hop, descend à son tour avec ses deux sacs noirs, car il a invariablement deux sacs noirs.

Range méticuleusement ses deux sacs noirs, les aligne à la frontière du gazon et du trottoir. Fustige du regard les sacs orange, avec leur capacité inutile parce que pas assez remplie, bien debout mais lamentables avec leur air mou de grosses fleurs fanées. Parce que c'était en quelque sorte l'étiolement de ces sacs, le contraste scandaleux entre leur format et le volume de leur contenu qui faisait fulminer les narines du vieux Maurice. Jack le concierge le savait, lui qui se gardait bien de sortir, ombre collée comme le redevenait alors, en face, l'ombre de la vieille. Il restait là, Jack le concierge, n'aurait jamais voulu quitter son poste avant le passage du couple des voleurs de poubelles. Parce qu'à cette époque, les voleurs de poubelles osaient encore s'aventurer dans le bout de rue.

L'homme sur un trottoir, tirant sa misère de carriole à roues, la femme sur le trottoir d'en face, aussi courbée, à petits pas sautants qui ne font pas de bruit. Les deux tirant leur poussette, se penchant vers les sacs, les soupesant, faisant tout ça avec un bel ensemble et des gestes furtifs de professionnels. Le matin, ils étaient déjà passés avant la collecte des bacs verts de récupération qui a lieu comme chacun sait le lundi matin. Le matin donc, très tôt, ils étaient passés plus dignes, courbant beaucoup moins le dos, comme des justiciers. Et leur butin était meilleur, ils connaissaient les endroits où on leur laissait à l'air bien en évidence les carcasses verrues ou métallisées de contenants consignés. Ils faisaient table rase, et personne ne leur en voulait vraiment, ils trottaient en silence, repartaient avec leurs trésors dans leur besace et puis, dans le fond, ils combattaient pour une Terre plus propre.

Le lundi soir, à leur deuxième passage, c'était autre chose. D'abord, la nuit les rendait plus inquiétants, têtus, des vrais obsédés. Et puis pourquoi tous ces efforts ? se demandait-on sur leur passage, et là-dessus, tout le monde était d'accord. Et la fin était toujours la même. Le couple de voleurs de poubelles trottinait, chacun chacune sur son petit trottoir, et se retrouvait côte à côte, uni dans sa misère tremblotante, devant le gros sac orange de la vieille, celui qui contenait les cadavres de bouteilles de bière.

Jack ne les quittait pas des yeux, les mâchoires crispées, les poings fermés, suivant passionnément chacun de leurs gestes tandis qu'ils saisissaient le gros sac et le déposaient en essayant de faire le moins de bruit possible dans la poussette. Le vieux Maurice gesticulait derrière sa fenêtre et l'ombre de la vieille était une plaque noire dans sa vitre crasseuse.

Et puis, chaque lundi à peu près à cette même heure de fin de journée, c'était au tour de Jack de sortir son sac. Son sac à lui, qu'il fallait mettre à part des autres parce qu'il n'avait pas été rempli comme les autres, parce que Jack le concierge avait mis tant de tendresse et d'attentions dans ce sac de plastique noir-là. Un lundi, quelqu'un avait mêlé son sac aux autres, alignés devant la porte de l'école. Jack était devenu comme fou, avait couru, tâtant sac après sac, il ne l'avait pas retrouvé son sac à lui, aux formes parfaites. Il avait cru en mourir. Et puis, ce lundi-là, le camion de poubelles était passé dans son vacarme habituel et Jack, qui n'avait pu accompagner son sac jusqu'au ventre de la machine, avait regardé les larmes aux yeux les sacs voler les uns après les autres dans le broyeur sans pouvoir distinguer celui qu'il avait rempli et noué avec les soins d'un père. Toujours ce lundi-là, Henri le retraité qui revenait d'une de ses promenades dont il avait le secret avait regardé Jack, debout sur le trottoir d'en face. Depuis combien de temps était-il là, l'Henri ? Il avait peut-être vu Jack courant d'un sac à l'autre comme une cane qui appelle ses petits. Mais Henri le retraité ne riait pas, ne se moquait pas. Lui aussi regardait les sacs s'envoler et se faire manger, et Jack le concierge aurait juré qu'il y avait comme des larmes dans ses yeux.

Bon, c'est pas tout, dit Jack qui parlait tout seul tout haut. La journée commençait. Ce soir, il serait toujours temps de reprendre son poste devant la fenêtre même si la vieille n'était plus dans la fenêtre d'en face et n'y serait jamais plus, même s'il n'y avait plus de sacs-poubelles orange et si les voleurs de poubelles ne passaient plus et ne passeraient plus jamais par là.

— J'y vais, maman.

Un dernier regard à la mère sur le téléviseur et au sac au précieux contenu, qui attendait.

Alors Jack eut comme un grand frisson de haut en bas de sa carcasse épaisse. Comme si quelque chose de noir allait l'avaler ou qu'un grand malheur allait arriver. Il n'aima pas cette impression-là.

De l'autre côté, la cour se vidait au bruit des sonneries. Les petits êtres rentraient par paquets dans la grande maison briquetée et il ne restait que les arbres qui se tordaient et grognaient. Il allait neiger.

Chez Henri et Adrienne,
le couple de fous de retraités

— Je suis sûre qu'elle jetait des sorts, dit Adrienne la retraitée.

Adrienne est très large pour sa courte taille et dotée d'une voix extrêmement aiguë. C'est insupportable pour quiconque l'entend, et Adrienne qui l'a plus que quiconque entendue toute sa vie en a toujours souffert en silence.

Comme chaque matin, ce lundi matin jour des poubelles, elle va et vient pesamment dans l'appartement. Sa petite voix parle de la vieille aux sacs-poubelles orange.

Elle répète au mari Henri :

— Je suis sûre qu'elle jetait des sorts.

Et puis :

— On n'aurait jamais dû lui louer.

— En tout cas, je ne m'ennuie pas de ne plus devoir aller lui chercher le loyer à chaque fin de mois, dit Henri.

Henri le retraité est grand, genre militaire ordonné de sa personne, ni maigre ni gras, robuste et ferme, avec quelque chose d'inquiétant dans sa stature faussement rassurante.

— C'est vrai, risque Adrienne, mais je ne sais pas, je trouve ça encore pire depuis qu'elle est partie.

— Elle n'est pas partie. Elle s'est pendue.

— Si tu veux, ça ne change rien.

Adrienne regarde le dos de son mari. Parce qu'il est assis face à la fenêtre et lui tourne le dos. Les meubles sont à leur place, ils sont bien trop lourds pour risquer de se retrouver ailleurs. La lumière est grise en ce tout petit matin d'hiver. On ne voit pas grand-chose, mais ce n'est pas grave. On n'allume les lampes que le soir parce que le matin, même s'il fait encore noir, ce n'est quand même plus la vraie nuit.

Adrienne a le visage plein, comme son corps toujours essoufflé, deux gros yeux clairs fixant tout sur leur passage, guettant avec une curiosité résignée quelque proie d'émotion à se mettre sous la dent. Elle se demande encore une fois ce matin-là qui saurait éponger son besoin énorme de tendresse. Et seul son chat gris obèse semble répondre à ses appels, Nicky, son seul amour.

— Je ne peux pas m'empêcher de penser…

— Si tu arrêtais de penser un moment, ça irait peut-être mieux.

Henri dit toujours la même chose, donne la même réplique tous les matins tandis que son regard fouille dans la vitre d'en face, cherchant l'ombre de Jack le concierge.

Il dit, et c'est toujours la même chose qu'il dit à cette heure-ci le matin du lundi, premier jour des poubelles :

— J'espère qu'il va faire son travail aujourd'hui. Je ne sais pas comment les parents arrivent à supporter ça. Drôle d'exemple pour leurs enfants. Je te dis que moi,

quand j'enseignais, je peux te dire qu'à l'école où j'é-
tais… Enfin, tu te souviens…

Adrienne fixe le dos d'Henri. Elle entend le chat
pousser son écuelle sur le carrelage de la cuisine. Elle dit
ce qu'elle dit toujours à pareille heure, pareil jour :

— C'est vrai que c'est le jour des poubelles.

Le jour de la semaine qu'elle déteste plus que tous
les autres, avec le jeudi, le deuxième jour des poubelles.

« C'est toujours à moi de descendre, dit sa petite
voix à l'intérieur, aussi petite et insupportable que sa
voix haute. Toujours à moi de descendre avec le gros sac
noir aux arêtes qui font mal aux genoux parce que je
n'arrive pas, moi, à descendre l'escalier avec le sac sur le
côté, alors je le brandis devant moi et puis, un beau jour,
je m'étalerai, c'est ça, parce que je ne vois plus rien devant moi pendant que je descends les marches avec ce
gros coussin puant qui balance et qui me perce les ro-
tules. Un jour, je le laisserai là, le sac noir devant la porte,
et je pleurerai, voilà. Je pleurerai à la rue et Henri aura
honte et le vieux Maurice sortira de chez lui comme
pour me gronder et le fantôme de la vieille aux gros sacs
orange rigolera bien derrière sa fenêtre en faisant des
petits bye-bye au concierge d'en face, et puis il y aura
aussi Rita qui a la maladie de l'écureuil gris et… »

Adrienne dit, complètement essoufflée :

— Et si on changeait ? Toi, tu descends la poubelle et
moi, le bac vert.

Le dos hausse les épaules.

— Tu ne serais pas capable, ma pauvre fille. Le bac
vert, c'est bien trop lourd pour toi. Ou alors, tu triche-
rais, je te connais et on ne doit pas tricher avec le bac
vert. Tu retirerais des journaux par-ci, quelques cartons

par-là pour me les refiler dans mes sacs noirs, histoire de faire plus léger. Eh bien tu sauras que moi, le recyclage, je respecte ça.

— Parce que le bac vert, c'est pas une poubelle ?

Le dos hausse de nouveau les épaules.

— Tu ne comprends rien, ma pauvre Adrienne.

Alors Adrienne a ce cri :

— Ce que je comprends, c'est que, dans le fond, c'est moi toute seule qui descends les poubelles !

Suit un assez long silence qui digère tout.

— Je n'arrive toujours pas à saisir pourquoi ce gars-là ne fait pas le travail pour lequel il est payé. La cour est couverte de papiers, de toutes sortes de cochonneries. Ce n'est plus une cour d'école, c'est une soue à cochons !

— On devrait relouer en bas, dit Adrienne. Essayer tout au moins. Ça ferait un peu de vie.

Le dos rit. Adrienne n'aime pas quand le dos rit en général et encore moins de ce rire-là. Mais il continue de rigoler en fixant l'école.

— Tu sais, je ne sais pas s'il va encore faire ça. Attends, je ne sais pas si je te l'ai conté…

Il se retourne finalement. Son visage carré fait face avec ses yeux fixes de colonel manqué. Ses longs bras semblent serpenter sous la veste de laine, ses mains de vieux aux ongles soignés.

— Je vais te raconter. C'était un jour des poubelles comme aujourd'hui, un lundi.

Adrienne regarde ailleurs.

— Je ne sais pas si je te l'ai déjà dit, répète Henri le fou de retraité, et sa femme Adrienne frissonne tandis que sa petite voix serine « Avec sa manie de conter, avec sa manie de conter, lui avec sa manie de conter » et n'arrive pas à dire autre chose.

— C'était donc un lundi de printemps, je revenais de ma promenade quotidienne parce que tu sais que j'ai décidé chaque jour, pour ma santé, de faire une marche en début d'après-midi...

— Tu vas quand même de moins en moins loin.

— Peu importe. Je revenais de ma promenade et je l'ai vu. Il courait d'un sac-poubelle à l'autre, le concierge. Il suait, grognait, et tu sais ce qu'il cherchait ?

— En tout cas, quand tu fais ta marche, tu vas de moins en moins loin.

— Qu'est-ce que ça change ? En tout cas, je l'ai vu.

— Et il était très en colère, je sais. Tu me l'as conté cent fois.

Adrienne décide d'accélérer.

— Et puis ?

Et comme d'habitude, l'autre s'énerve, il en tremble, et de la salive sort de ses dents serrées, fait une petite mare sur le menton gris du vieil homme.

— Je l'ai vu, je te dis ! Le concierge, il était dans un état terrible. Et tu sais ce qu'il cherchait ? Il m'a fallu du temps pour comprendre. Mais tu me connais, quand j'y suis, j'y reste. Je le regardais du trottoir d'en face et je me disais : « Mais qu'est-ce qu'il cherche à crier, à gesticuler et à brailler comme il le fait, devant tout le monde en plus ? » Parce qu'il y avait des gens qui passaient, qui le regardaient aussi. Mais lui, il ne les voyait pas, il ne voyait rien. Tout ce qu'il savait, c'est qu'il devait retrouver son sac-poubelle à lui avant que le camion passe. C'est vrai, je ne sais pas qui avait mis son sac-poubelle avec les autres alors que tout le monde sait que Jack le concierge a ses sacs-poubelles rien qu'à lui. Tu l'aurais vu… Il criait : « Où il est ? Qui me l'a pris ? » Il tâtait sac après sac. J'ai failli lui dire : « Hé, t'aurais dû lui mettre un bout de ruban rose pour le reconnaître ! » Il hurlait maintenant, une vraie bête. Et moi : « Tu ferais mieux de faire le ménage dans la cour ! » Enfin, je ne l'ai pas dit, mais je l'ai pensé.

— Et il a retrouvé son sac, réplique Adrienne pour accélérer.

— Eh bien oui, et il s'est mis à le bercer dans ses bras, les yeux pleins d'eau. Et puis il s'est dépêché de l'emporter loin des autres, l'a fiché seul sur le trottoir. Comment te dire, il avait l'air tellement heureux !

Henri était le seul avec Jack à savoir que l'histoire n'avait pas si bien fini, que le sac à son papa chéri n'avait eu droit à aucune caresse avant d'être avalé par la machine. Mais cette fin-là, il ne voulait pas la conter. Il ne la conterait jamais parce qu'il y en avait une autre qui lui ressemblait, qui avait mal fini ou n'avait jamais fini et qui continuait de lui torturer le ventre et de lui brûler la tête, juste derrière ses yeux durs de faux colonel.

Alors Henri se retourne carrément face à la fenêtre.

— Comment tu sais la fin, qu'il a retrouvé son sac ? Je te l'avais déjà conté ?

Adrienne se dirige vers la cuisine à pas traînants.

— C'est vrai, dit Henri, et il s'étonne comme chaque matin de cet afflux de petits êtres qui sagement se font manger par la grosse bâtisse de briques. C'est vrai, on devrait peut-être essayer de relouer en bas. Ça ferait un peu de vie.

Le vieux Maurice au chien

— Tiens, il doit être deux heures et demie passées, voilà l'autre qui va faire sa petite balade de début d'après-midi. N'empêche qu'il va de moins en moins loin, le bonhomme.

Le vieux Maurice enveloppe d'un coup d'œil tout à fait furtif la haute silhouette d'Henri qui descend par petits bonds saccadés les six marches de l'escalier commun du dehors.

Le vieux Maurice ne donne que des regards furtifs par la fenêtre, jamais trop ou pas assez appuyés. Il n'est pas du genre à s'installer assis face à la fenêtre et à observer comme le fait le fou de retraité. Le vieux Maurice au chien donne mille regards furtifs par jour. Assez pour voir tout ce qui se passe dans le bout de rue.

Près de cinq ans qu'il voit tout. Ne parlant qu'à son chien et maintenant à l'ombre de son chien, disparu il y a presque un an dans des circonstances mystérieuses. Cinq ans et le même bout de rue, entre un feu rouge à gauche et un stop à droite. En face, la longue façade briquetée de l'école. À côté, toujours en face, plus à droite, comme collée sur la cour de l'école, la cabane comme il l'appelle, de Rita, celle qui a la maladie de l'écureuil gris.

Et eux de ce côté, double duplex aux quatre portes, un escalier extérieur, quatre fenêtres percées donnant sur la rue.

C'était, ce lundi, un jour gris, exceptionnellement froid, disait-on, mais, pensait le vieux Maurice, dans ce pays, il y a tellement de jours très froids dans un hiver. Les enfants qui s'étaient déversés au matin comme une eau sale et tumultueuse se taisaient maintenant pour mieux rejaillir tout à l'heure en vagues bruyantes. Ailleurs dans l'année, il y avait quand même le silence des étés qui venait se plaquer sur le bout de rue pour le chauffer à vif, puis l'automne enfin et avec lui, à nouveau, les cris des petits êtres.

Pourquoi avait-il dit « enfin » ? Maurice détestait l'automne, le retour des enfants, leurs piaillements imbéciles. Depuis peu, il détestait tout aussi fort le printemps. Parce que c'était en avril, au printemps dernier, que le petit caniche était disparu, mort quelque part. Il jappait, d'accord, il n'arrêtait pas de japper, et alors ?

Quand le vieux Maurice en a assez, comme à présent, de jeter des regards furtifs par la fenêtre, il va se regarder dans le miroir du couloir. Les cheveux ras noirs grâce aux colorants, sa seule coquetterie. Petit, genre trapu, encore, se dit-il, incroyablement musclé pour son âge.

Il s'exerce, un doigt en l'air, l'œil concentré.

— Je vais vous conter, je vais vous dire, moi...

Hier encore, il a réussi à coincer Henri le retraité sur le palier de dehors. Je vais vous dire... Moi, en France dans le temps et avant ça, en Algérie...

Qu'est-ce qu'il pouvait savoir de tout ça, le prof à la retraite trop grand qui le regardait d'un œil glacé ? Alors le vieux Maurice s'était vengé :

— Toujours pas de nouvelles de la petite ? Ça fait combien de temps maintenant ? Six ans, peut-être sept, huit ? C'était avant que j'arrive. L'ai jamais connue. Même jamais vue.

Et il avait laissé le vieil Henri là, à se dépatouiller tout seul avec ses souvenirs, était rentré chez lui, avait claqué la porte derrière lui.

Bien fait pour toi.

Dans le fond, c'était peut-être bien le retraité Henri et son idiote de femme qui avaient fait disparaître la petite. Des parents détraqués, ça existe, se disait le vieux Maurice au chien devant son miroir. À moins que ce ne soit la vieille, la pendue. Elle n'était pas encore pendue à l'époque. Ou Jack. À combien de pétitions réclamant son renvoi en était-il ? Tous des maudits fous.

Le vieux Maurice est allé s'asseoir dans sa cuisine. Le poste de télévision tourne vers lui son carré gris. Et le vieux Maurice est là avec son gros chandail qui pue et ses grosses mains qui tremblent de ne plus pouvoir caresser Gugusse, le caniche disparu sans laisser d'adresse au printemps dernier, un lundi, quelques semaines avant que la vieille Jeanne se pende au plafond de son salon.

— En tout cas, dit tout haut le vieux Maurice, j'espère que t'as pas fini dans un sac-poubelle.

Il imagine plus volontiers Gugusse dans un bac vert parce qu'un bac vert n'est pas une poubelle et que le vieux Maurice aime les bacs de recyclage, surtout les verts qui sont ceux de son quartier. Il voit le poil blanc jamais vraiment blanc frisotté de Gugusse, au-dessus d'une pile de journaux, son museau avec la truffe noire qui dépasse. Il rit en pensant aux voleurs de poubelles quand ils passaient encore dans le bout de rue, s'ils étaient tombés un beau lundi matin sur un petit chien blanc mort dans un bac vert, et il pleure, le dos secoué, sur la table de sa cuisine comme chaque jour, et surtout le lundi, premier jour des poubelles, à cette heure-ci.

Un soir, il y a un peu plus d'un an de ça, Henri l'avait invité à manger. Histoire de se connaître entre propriétaires. Il aurait pu le faire avant. Ça faisait déjà des années qu'ils étaient propriétaires côte à côte. Mais c'était comme ça, les gens sont si bizarres, pensait le vieux Maurice. En tout cas, c'était au temps où Gugusse vivait. La petite avait déjà pris le large.

Bref, c'était un soir d'hiver, l'hiver dernier. Après un repas expédié à la va comme je te pousse, la femme partie dans la cuisine, ils étaient restés seuls dans la salle à manger, toute moche toute froide, le fou de retraité et le vieux au chien. Alors là, c'est bien simple, Henri s'était vidé le cœur. Avait parlé encore et encore. De la vieille Jeanne bien entendu. Il secouait son long visage sans attrait aucun.

— Je ne sais pas comment m'en débarrasser. C'est un véritable fardeau, comprenez-moi.

Et Maurice comprenait.

— Je n'ose plus entrer chez elle, continuait Henri. J'ai peur que ça pue, vous comprenez, que ça pue.

Et Maurice comprenait.

— Si au moins elle ne payait pas. Mais elle paie, je ne sais pas avec quoi d'ailleurs. Et puis je pourrais demander beaucoup plus, ça a pris de la valeur dans le quartier mais… à moins que je l'augmente, que je l'augmente tellement que…

Le fou d'Henri était parti dans ses rêves de fou. Maurice hochait la tête d'un air de vieux sage en rigolant par en dedans.

— Vous ne pourriez pas, on est pris à la gorge, nous, les proprios. Tenez, moi…

Il ne connaissait pas encore les jolis yeux ronds de Christine. Il pouvait encore dire n'importe quoi. Il en remettait :

— Tenez, moi, je vais vous dire, moi, la chose sur quoi vous devez juger vos futurs locataires, je vais vous raconter, moi, comment ils se conduisent avec leurs poubelles, leurs ordures, quoi.

L'autre ne comprenait visiblement pas.

— Vous lui auriez demandé, à votre vieille, ce qu'elle faisait avec ses ordures avant de signer le bail, vous n'auriez pas tous ces ennuis, je peux vous le dire. Hein, la vieille, est-ce que vous comptez vraiment aller balancer vos mégots, vos bouteilles et vos canettes dans des sacs orange ? Parce que alors, faut le dire, parce que je moi, je ne tolérerai pas que vous sortiez comme ça deux fois par semaine et hop, devant tout le monde, hop, le sac orange qui fait des tours et des tours dans l'air de toutes les couleurs de toutes les saisons, c'est pas possible, ça, mais vous l'avez déjà vu ou on vous l'a déjà conté.

— En effet, approuvait le fou de retraité Henri en pensant à autre chose et en particulier au fait indéniable que Maurice était un vieux fou au chien et qu'il n'aurait pas dû l'inviter.

Il n'empêche qu'il y avait là quelque chose de vrai.
Et Henri se dit à lui-même qu'il allait y réfléchir.

Et la soirée avait passé et s'était vite terminée.

Quelle gaffe avait-il faite ? C'est ce que se demandait
à peu près douze mois plus tard, c'est-à-dire aujour-
d'hui, le vieux Maurice. L'Henri ne l'avait jamais réin-
vité. Depuis, on était revenus aux petits hochements de
tête, comme ça en passant, pas plus de façon. Il est vrai
que Maurice ne l'avait pas invité non plus. Pour bouffer
quoi ? Maurice n'avait pas de femme, lui, pour faire semblant de préparer un repas. Et s'il s'était écouté, il n'aurait mangé que de la bouffe à chiens.

N'empêche qu'il lui arrivait de repasser dans sa tête
là où la gaffe pouvait s'être exactement produite. Il n'a-
vait pourtant pas parlé de la petite. Peut-être son ton ou
ses yeux, il devrait se méfier plus de ses yeux. Ils le
trahissent, voilà, c'est le mot, se mettent à danser, pétiller
dans tous les sens comme les yeux d'un maniaque à petites filles. Ça a peut-être été ça sa gaffe.

Il s'était excusé d'être resté si tard, était parti comme
un voleur.

Tout ça, c'était avant qu'il se fasse lui aussi flouer.
Avoir comme un bleu. Avant Christine. C'est terrible
quand même, à son âge. La fille était venue toute seule
en mai. À louer pour le 1er juillet. Gugusse n'était plus là.

— Justement, mon mari et moi, je dois vous dire
qu'on vient juste de se marier, ce serait parfait, vous
comprenez, je travaille dans le centre-ville, c'est si pra-
tique d'ici. Et nous faisons très peu de bruit et nous ne

comptons même pas avoir d'enfants. Christian n'en veut pas et puis…

Il y avait tant et tellement de « et puis », se dit aujourd'hui le vieux Maurice au chien en regardant la télévision tournée vers la fenêtre, ça avait l'air si touchant, je ne pouvais pas le lui refuser, elle avait des yeux qui tournent comme les miens dans tous les sens.

Et puis est arrivé le Christian à la Christine et tous leurs falbalas. C'était déjà trop tard. Avait vite vu que le Christian allait jeter ses sacs dans la poubelle publique sous le feu rouge à l'intersection des deux rues, en face à gauche. Dégoûtant. La première fois qu'il l'avait vu faire de sa fenêtre, qu'il l'avait vu le Christian aller avec ses deux sacs d'épicerie quand même assez bien remplis, comme ça, comme fier de lui, jusqu'à la poubelle qui, entre nous, ressemble plus à un panier de basketball qu'à une poubelle qui se respecte, avec ses tressages en faux bois, il ne manque que les rubans, bref quand il l'a vu aller ainsi, guilleret, le cœur léger, le vieux Maurice a eu envie de vomir, c'est simple, de vomir.

C'était le premier jour des poubelles depuis qu'ils étaient là, et il y en aurait donc des tas d'autres. Et il ne pouvait plus les mettre à la porte. Et puis il y avait Christine, avec ses yeux qui tournaient.

L'après-midi d'hiver s'accroche. Le vieux Maurice courbe un peu plus le dos dans les ombres de la cuisine. Pour un peu, il entendrait les jappements de Gugusse. Parce que c'est vrai qu'il jappait pas mal. Mais c'est pas une raison.

Il entend la porte à côté qui s'ouvre et se referme vite, comme par peur.

— Le fou d'Henri qui revient. Il va de moins en moins loin dans ses petites promenades. Et puis qu'est-ce qu'il s'imagine ? Qu'il va revoir sa fifille un beau jour au coin de la rue ?

L'heure est venue où les petits êtres se sont envolés et où on peut s'offrir un coup d'œil plus appuyé dans le faux noir d'après-midi d'hiver. Parce qu'il y a le noir de l'après-midi et le noir du vrai soir et de la nuit. Maurice s'y connaît en noirs.

C'est lundi, jour des poubelles, et ce jour-là, il y a beaucoup de choses à voir.

Maurice approche sa chaise de la fenêtre et, avant de s'asseoir, s'offre le luxe de lever entièrement le store. Comme ça, on peut le voir autant qu'il voit. Ça fait partie du jeu.

Avant, il y avait la vieille, c'est elle qui partait le bal avec ses sacs tournicotants. Maurice devait se pencher en avant pour mieux voir. Et chaque lundi, à seize heures trente et des poussières, après son ballet, la vieille Jeanne remontait les marches et tirait la langue au vieux au chien en levant son majeur tout ridé et fébrile.

Et le vieux Maurice sortait ses poubelles à son tour, fumant de colère, et Gugusse jappait.

Et puis il y avait Jack le concierge sortant les poubelles, puis sa poubelle. Et Maurice regardait Jack aligner les gros sacs noirs et il se disait qu'au moins la moitié de ce qu'il y avait là-dedans aurait pu être recyclé, venir enrichir ses chers bacs verts. Quel gâchis ! Et il se demandait combien de pétitions il devrait écrire pour que Jack le concierge soit foutu à la porte.

Tout cela, le vieux Maurice se le redit aujourd'hui, à haute voix devant la fenêtre. Et il est plein de haine pour Jack et pour l'infâme Christian qui, tout à l'heure, sortira avec ses balluchons, traversera la rue et ira les balancer dans la fausse poubelle publique sous le feu rouge. Et alors là, c'est fou la haine qui va le brûler des pieds à la tête, le vieux Maurice au chien.

Mais aujourd'hui, il se passe quelque chose d'inattendu. Le vieux Maurice n'en revient pas, colle son nez contre la vitre. L'Adrienne, la folle de retraitée, qui traverse la rue à cette heure-ci, c'est-à-dire à bientôt quatre heures de l'après-midi et qui marche et marche sur ses petites jambes et qui essaie d'aller vite comme si elle avait peur qu'on la voie et qui glisse comme ça, sous la neige qui se met à tomber, en silence comme une feuille d'automne gelée, tache marron tremblotante entre les flocons, et qui va comme ça, sans rien dire, chez la Rita !

— C'est pas possible, se dit tout haut le vieux Maurice.

Et puis tout d'un coup, il a peur du silence. Ça lui arrive de plus en plus souvent depuis que Gugusse n'est plus là. Ces moments-là, dans les creux d'après-midi d'hiver, sont de plus en plus fréquents et alors il attend, sans plus oser bouger, le retour de Christine. Le pas, dehors, de la jeune femme, puis son pas dans l'escalier intérieur, ça lui fait tellement de bien. Et il se met à souhaiter qu'un jour elle quitte le centre-ville pour travailler plus près de lui. Parce que c'est seulement quand il l'entend qu'il est presque heureux.

— C'est pas possible, se redit aujourd'hui le vieux Maurice. Qu'est-ce qu'elle va foutre là-bas, l'Adrienne, chez Rita la malade de l'écureuil gris ? Et ça doit pas être la première fois !

Il en a connu dans sa vie, en Algérie et ailleurs, parce qu'il a bourlingué, le vieux Maurice, des pestiférées comme la Rita, et personne n'allait les voir et tout le monde avait bien raison. On n'est jamais assez prudent. Et tout le monde sait ici, dans cet îlot d'ombres entre stop et feu rouge, que Rita a une terrible maladie.

La grosse Adrienne a disparu derrière la porte de la cabane de Rita qui s'est ouverte et s'est refermée sur elle, observe le vieux Maurice. Il se bouche le nez car il croit sentir les puanteurs qui tournent dans l'air dans la maison de Rita. Car Rita a ce qu'on appelle la maladie de l'écureuil gris, un mal obsessionnel qui s'exprime à tout bout de champ par le refus de jeter quoi que ce soit, et en particulier les ordures. Rita ne sort donc jamais ses poubelles.

Il est vrai qu'elle est pas mal folle aussi, l'Adrienne. Un jour, elle avait tenu à entrer chez lui, s'était carrément imposée parce que le vieux Maurice n'est pas homme à ouvrir volontiers sa porte.

C'était un lundi, comme aujourd'hui.

— Je vous dérange ? Je me disais en passant que…

Elle disait, elle parlait, s'était assise sans même y avoir été invitée et l'avait invité à s'asseoir en face d'elle. Et, peut-être parce que c'était un jour de poubelles, elle avait parlé ordures.

— Vous savez, Monsieur Maurice, on a tous des petits tas d'ordures dans la tête, collés dans les coins, et on mourra avec. On s'imagine qu'on peut faire le ménage, mais c'est pas vrai.

Et elle n'arrêtait pas, en disant, de hocher sa petite tête massive.

— Vous savez, Monsieur Maurice, je vais vous dire, moi, on ne peut pas les enlever de là, ces tas d'ordures, bien collés dans les coins de la tête, on se dit qu'on pourrait les laver mais on ne peut pas tout laver, enfin je veux dire bien laver, complètement désinfecter, vous comprenez ?

Le vieux Maurice se demandait combien de temps elle resterait encore à lui conter ses histoires à dormir debout. Il n'aurait pas dû la faire entrer. D'abord, elle aimait les chats, comme les sorcières, et pas les chiens, et elle puait la tendresse du dedans, une odeur intérieure qui suintait par les pores et qui lui faisait peur.

— La vieille Jeanne, elle jetait des sorts, je suis sûre qu'elle jetait des sorts. Vous vous figurez toutes les ordures qu'elle devait avoir dans la tête, une vieille folle comme ça de plus de quatre-vingts ans ? Vous l'avez connue, la vieille ?

— Un peu.

— Vous savez, c'est peut-être elle qui a empoisonné votre chien. Je n'ai pas eu l'occasion de vous dire…

Elle se trémoussait, et le vieux Maurice se disait : « Mais qu'elle arrête de prendre ce ton-là, y en a à qui j'ai cassé la gueule pour moins que ça. »

— En tout cas, c'est comme pour fifille. Henri pourra vous dire qu'elle n'est jamais revenue. Un soir comme ça. Comme votre chien.

— Comme mon chien, répétait Maurice, qui trouvait la comparaison tout à fait saugrenue et qui se tassait toujours davantage sur sa chaise.

— Vous ne savez pas ce que c'est, vous, Henri vous le dira, quand vous devez vivre avec ça. Quand vous vous dites que votre fille n'est pas revenue et que le soir tombe et qu'elle devrait être revenue et qu'il y aura du noir bientôt partout. Et puis le noir de la nuit qui arrive pour de bon et qui reste. Henri vous racontera.

Elle le fixait et on aurait dit qu'elle voulait le manger de ses gros yeux clairs. Il y eut un silence. Elle respirait fort. Le jour faiblissait drôlement dans la petite pièce. Alors le vieux Maurice dit :

— C'est rien, c'est ce bout de rue qui nous rend fous, et puis, plus les jours passent et plus tout se ratatine, tenez, votre mari, j'ai remarqué qu'il va de moins en moins loin dans ses balades, vous, vous ne sortez plus, moi non plus, la vieille Jeanne est morte… Il n'y a que les jeunes là-haut qui sortent encore…

— Et en face ?

Le vieux Maurice n'était plus qu'un coin d'ombre dans la pièce. Il parlait bizarrement comme un vieux sage sur le point de rendre l'âme, en prenant son temps.

— En face, les enfants, le concierge et la Rita, c'est ça la mort. Tenez, un de ces soirs, ça ne m'étonnerait pas qu'un beau soir, il y ait, comme on dit, un crime, voilà, un assassinat !

Adrienne s'était levée, s'était approchée du vieux Maurice et se mit à le secouer dans tous les sens sur sa chaise.

— Arrêtez ça, vous ! La faute de tout ça, c'est les poubelles dans nos têtes, rien d'autre ! Mademoiselle Rita, il n'y a rien à dire contre elle !

C'est quand même le vieux Maurice au chien qui avait eu le mot de la fin.

— Votre fifille, c'est pas la peine de vous conter des histoires, vous ne la retrouverez jamais. Qu'est-ce que vous croyez ? Qu'elle va se ramener un beau soir comme une fleur ?

Il s'était levé, il serrait les poings, il aurait pu faire peur ainsi, grosse tache d'ombre dans le noir de plus en plus opaque. Et elle, la folle d'Adrienne, avait simplement répondu en reniflant :

— Qu'est-ce que vous croyez ?

Cette scène-là, à peine plus longue que ce qui a été raconté là, s'était déroulée pas plus remarquable qu'une autre dans le fond, il y a à peu près un mois.

— Tu la trouves bien gentille, ta Rita ? Eh bien, va donc, traverse la rue, va puer avec elle ! crie le vieux Maurice.

Et puis, aujourd'hui lundi, premier jour des poubelles, le vieux Maurice au chien s'est rassis, il s'est recroquevillé dans le noir de plus en plus noir et il a attendu le bruit du pas de la jeune femme.

Le journal de la bête 2

J'ai fait la connaissance du Prince noir peu après mon entrée plutôt brusque dans le monde des bennes de camions à vidanges. Je ne l'ai pas vu tout de suite, absorbé comme je l'étais par les petites lumières dont je vous ai déjà parlé. La voiture aux ordures cahotait, les charges se raréfiaient, nous devions être près de la fin de la tournée. J'étais toujours aussi nu, gluant, moins hurlant parce que, d'instinct, je savais que je courais un danger de tous les instants et vu que j'étais un rescapé, j'entendais bien le rester.

Au moment où d'autres bébés sont cajolés, roulés dans la soie, l'or et le pourpre, serrés très fort par leurs géniteurs, tout le temps là à les étouffer d'amour et de reconnaissance d'avoir bien voulu naître et de combler l'alentour de bonheur, moi, je devais, âgé d'à peine quelques heures, déjà apprendre à ne pas crier, à me plaquer au noir et à ses odeurs.

Le Prince noir devait me guetter du coin de l'œil, mais il n'a rien dit – ça, je peux vous l'assurer – jusqu'à l'arrivée à la dompe. Il n'a rien dit, mais il a bougé. Une oreille, seulement une oreille, mais ça a suffi. Vous comprendrez que j'avais les sens aiguisés après de telles aventures.

Il était noir, bien entendu, tout le monde l'aura deviné, grand bien sûr, à tel point qu'il devait se pencher légèrement en avant, dans son coin de la benne opposé au mien. Il n'avait pas vraiment de visage, seulement comme un chiffon blanc avec deux longues oreilles et deux trous pour ce qui pourrait être les yeux, un long corps d'un seul délié comme celui des sirènes, deux mains très longues et griffues. Mais revenons à ses oreilles.

C'est ce qui me surprit, moi, l'enfant né ordure, dans cet étrange personnage, ses oreilles. Tombantes hors du chiffon, deux encornets ou cornes de brume, comme vous préférez. Et l'une d'elles remuait vaguement mais régulièrement, comme au rythme d'une musique qu'il était le seul à entendre.

Le Prince noir ne me donna pas d'autre signe de vie jusqu'à l'arrêt du camion. Je tremblais, j'avais une peur folle. Qu'est-ce que j'allais devenir ? Vous conviendrez que j'avais de quoi me poser semblable question.

C'est à ce moment que la benne cracha tout ce qu'elle avait enfourné et moi avec. Fini, les gentils hommes poubelles. Seul avec les immondices, les rats et les goélands à bec cerclé.

Alors, bien sûr, j'ai pleuré et le Prince noir a dit :

— Tais-toi, le petit de femme qui t'a rejeté loin de son ventre et de ses mains. Pleurer ne changera rien.

Il flottait puisqu'il n'avait pas de jambes et sa tête en chiffon blanc avait une drôle de voix traînante, comme s'il avait voulu me faire peur, m'intimider.

— C'est chez toi maintenant ici. Il y en a eu d'autres avant toi, des rejetons dans ton genre. Si tu as des problèmes, appelle-moi, je suis très occupé mais j'essaierai de venir.

Je compris alors que c'était vrai qu'il reviendrait, que c'était mon père dans ma tête à moi, qu'il était là pour m'aider, me guider vers la vraie vie, moi, le petit d'ordures, et que je n'avais pas intérêt à le décevoir. C'est pourquoi j'ai fait le brave, je n'ai pas pleuré quand le Prince noir aussi noir que l'air dans lequel il dansait m'a laissé là. Et je me suis enroulé, avec l'aide d'une maman goélande, dans une feuille de papier journal graisseux.

Comme vous l'aurez deviné, les rates et les goélandes m'ont élevé, nourri de leurs détritus. J'ai vite appris à courir, assis sur mon petit derrière, les bras tendus comme les pattes d'une araignée, parmi les sacs blancs, verts, noirs et de toutes les couleurs éventrés, à disputer mon beefsteak à mes demi-sœurs et demi-frères peut-être plus acharnés que moi, mais moins intelligents.

C'est ainsi que j'ai commencé à aimer les jours des poubelles. Et je les aimerai jusqu'à la fin de mes jours.

Tandis que Rita et les autres...

Pour la dixième fois peut-être dans la journée, Rita donne un léger coup de pied dans le sac-poubelle et constate de nouveau avec plaisir que le contenu est moins dur qu'hier, qu'avant-hier, qu'il y a un mois. Et que la pourriture commence donc à faire son œuvre. « C'est bien », dit Rita, et elle regarde avec tendresse tous les sacs de plastique affalés mollement les uns contre les autres le long du mur crème du corridor. « N'ayez pas peur, dit-elle encore. Je ne vous quitterai jamais, mes sacs, je ne vous abandonnerai jamais, comme font les autres, sur la glace du trottoir ni dans la brûlure du soleil. Je ne vous quitterai pas comme le font tous ceux et celles qui se dépêchent de jeter et jeter encore pour faire de la place, qu'ils disent, en réalité pour mieux se remplir de leur propre vide. Je vous aime parce que vous êtes moi, vous êtes mes déchets, ma vie. Je vous garderai, je vous lécherai comme une mère chatte lèche ses petits. »

Rita est très menue de toute sa personne. Elle a tout juste trente-trois ans et habite une toute petite maison que certains, comme le vieux Maurice et Henri le fou de retraité, appellent une cabane, un taudis, un shack pourquoi pas. Tout ça parce qu'un jour, elle leur a dit qu'elle avait la maladie de l'écureuil gris.

C'est sûr qu'elle n'aurait jamais dû se confier, ni même leur parler, à tous ces fous. Il y aura bientôt cinq ans qu'elle habite là, collée sur les petits de la cour d'école, arrivée de nulle part à peu près en même temps que Jack et le vieux Maurice. À l'époque, elle parlait encore. Elle était même bavarde.

— Bien le bonjour, je suis Rita, votre nouvelle voisine, c'est moi qui vais habiter la petite baraque ou masure, comme vous voudrez, en face de chez vous, à côté, collée à l'école.

Elle avait d'abord sorti son boniment au vieux Maurice, un nouveau aussi dans le bout de rue à l'époque. Il l'avait regardée avec une méfiance très puissante qui, lui sembla-t-il, lui sortait par les trous de nez. Son chien jappait.

Et puis, elle s'était présentée de la même manière, sans trop de façon, au couple de fous de retraités. Sauf qu'elle avait dit en plus après « bonjour, etc. » : « Je dois vous dire, je suis malade de l'écureuil gris. » La grosse petite dame lui souriait, comme ça, pour rien, ce qui avait ému Rita. Puis la douche froide :

— Est-ce que ça veut dire que vous élevez des écureuils ?

Rita avait préféré leur tourner le dos, histoire de ne pas leur cracher dessus pour leur manque flagrant de culture médicale.

Puis était venue la vieille qui lui avait ouvert sa porte. Ça sentait bon la pourriture là-dedans. Rita serait bien entrée, elle n'avait pas osé. La vieille ne lui avait pas laissé finir sa phrase et lui avait claqué la porte au nez. Des années plus tard, Rita l'avait su la bonne dernière dans le bout de rue, la vieille s'était pendue.

À son arrivée dans le bout de rue, Rita n'était pas tout de suite, enfin pas aussi rapidement que pour les autres, allée voir le grand Jack le concierge.

— C'est vous, Jack ?

Elle était allée jusque chez lui, avait sonné à la porte de son deux et demi. Bien forcé d'ouvrir.

— C'est vous, Jack ? Bonjour, c'est moi, Rita, votre nouvelle voisine, juste à côté. Je vais très bien sauf que je suis malade de l'écureuil gris, et vous ?

Tout de suite, elle avait repéré la photo sur le poste de télé.

— C'est ma mère.

Il disait ça avec fierté, en redressant son crâne aplati.

Elle avait demandé :

— Elle vit avec vous ?

— Non, il paraît qu'elle a perdu la tête.

— Ah oui ? La mienne aussi. Alors, ils l'ont mise à l'hôpital des vieux sans mémoire ? Il y en a un pas mal, près d'ici. C'est là qu'est ma mère.

— La mienne aussi.

— Ah ?

Après cette première fois, Jack ne lui avait plus jamais ouvert quand elle était revenue sonner. Ce qui n'empêchait pas Rita de revenir régulièrement, d'invoquer devant la porte fermée les deux mamans sans plus de tête, les fantômes, les chats et les écureuils. Rien n'y avait fait.

— Je vais vous raconter, avait-elle hurlé une fois, il n'y avait d'ailleurs pas si longtemps, je pourrais vous en dire des choses parce que moi, je sais tout, je sais tout, vous m'entendez, je pourrais vous en conter sur vous, sur votre mère et ce bout de rue qui nous rendra fous, même que ça ne m'étonnerait pas qu'un de ces soirs, il arrive un grand malheur !

Rita ne faisait pas grand-chose dans la vie à part bercer ses sacs-poubelles et rechercher l'amitié de Jack. Elle n'avait plus de travail depuis belle lurette. Elle sortait forcément de moins en moins. Sauf pour aller voir sa mère à l'hôpital pas loin, même le lundi, premier jour des poubelles. Parce que Rita, malade de l'écureuil gris, ne sortait jamais ses poubelles, pas plus le jeudi que le lundi.

Bien sûr, comme tout le monde, à plusieurs reprises, elle avait vu Jack pleurer sur son sac noir qu'il ne retrouvait plus, parce que finalement, la chose lui était arrivée plus d'une fois.

Un jour, il y avait aussi le fou de retraité qui assistait à la scène, de l'autre côté de la rue. Là où était Rita, cachée dans une encoignure de la bâtisse de l'école, le vieil Henri ne pouvait la voir. Elle, elle voyait tout. Le Jack comme fou qui courait après son sac et le vieux en face qui riait et riait encore comme secoué à travers ses larmes parce que le pire, c'est qu'il pleurait pour de bon, le retraité Henri. Il ne manquait que le vieux maniaque au chien. Il devait regarder par la fenêtre, sûr et certain.

En rentrant chez elle, le cœur tout serré, encore bouleversée par le chagrin du grand Jack, Rita avait jeté un regard féroce à la poubelle publique, regorgeant déjà des déchets du jeune Christian d'en face.

Et puis elle avait préféré penser que Jack avait retrouvé son sac à lui et l'avait rapporté dans son deux et demi, d'où il n'aurait jamais dû le sortir.

Depuis quelque temps, comme aujourd'hui, Rita acceptait de voir Adrienne, la recevait comme une reine sa vassale. Et aujourd'hui, il y avait une solennité particulière dans la voix rauque de la malade de l'écureuil gris.

— Maintenant que tout est en place, dit Rita, le spectacle peut commencer.

— C'est vrai ? On dit ça et puis...

— Cette fois, c'est pour de bon, le grand malheur va frapper, Madame Adrienne.

— Ne m'appelez pas Madame Adrienne, ça m'intimide. Je dois vous dire, Mademoiselle Rita, je pense que le vieux Maurice au chien m'a vue aller chez vous.

— Et alors ?

— Alors, rien.

Adrienne regardait le carré noir de la fenêtre d'hiver. Elle respirait la pourriture alentour. Elle était bien.

— Faut-il que je sois folle ! Venir vous voir, vous ! Surtout que j'ai compté, c'est la quatrième fois !

Mademoiselle Rita s'enfonce dans le noir, posée sur une espèce de sofa qu'Adrienne jurerait composé de crin de cheval. On ne distingue plus son museau chafouin, ses abattis malingres avec leur odeur tenace.

Ici aussi, l'ombre a fait sa place.

— C'est parce qu'il y a des jours... Vous comprenez, Mademoiselle Rita, surtout le lundi, le premier jour des poubelles. Henri, il parle dès le matin, vous entendriez ce que dit son dos... C'est pas supportable. Nicky non plus ne supporte pas, il va se cacher dans la cuisine...

Adrienne s'interrompt, et il y a le silence. Adrienne n'aime pas le silence et se dépêche d'ajouter :

— Au fait, votre chat à vous, votre Rocky, je ne l'ai pas vu aujourd'hui... Il ne serait pas malade ?

— Oh non, il doit être quelque part à sentir.

Rita est toujours assise dans le noir, sur son sofa, une jambe repliée sous elle. Adrienne la devine, soudain étrangement belle, libre comme une rebelle. Rita la rebelle, c'est ça, et Adrienne la folle de retraitée est émue.

— Quand même, c'est bizarre, votre Rocky n'a jamais envie de percer un de vos sacs ?

— Je le nourris bien, dit la voix dans la noircissure.

— Quand même, insiste Adrienne.

Elle ne voit plus que leurs contours, mais elle les sait tous là, les sacs. La Rita ne fait pas beaucoup de déchets pour pouvoir tous les garder, semaine après semaine, mois après mois.

— En quatre ans, vous les avez sortis combien de fois ?

— Je ne sais pas. À un certain moment, j'ai bien dû.

C'est tout ce que dit Rita la noire, mais Adrienne comprend et en a le cœur tout retourné.

— Dans le fond, pour l'odeur, on s'habitue. C'est plutôt pour le contact, enfin je veux dire quand on marche par exemple dans le corridor et qu'on effleure…

— Et alors ?

Adrienne se force à respirer à fond l'odeur des sacs, une odeur finalement sans véritables caractéristiques, et c'est ce qui l'avait frappée la première fois. Une odeur à relents, c'est tout.

— Il va falloir que je m'en aille, Henri va se demander… Avant, racontez-moi encore l'histoire de Rocky. Ah ! je le sens, il me frôle, mais dites, il a encore maigri.

Adrienne la folle de retraitée sent les côtes du chat Rocky sous ses doigts. Rocky la frôle, comme avec une sorte de peine infinie, comme le font, quand on passe, les sacs-poubelles avec leur chanson triste qui tapissent le mur du corridor.

— Un jour, vous ne pourrez plus bouger ici, tous les deux. Enfin, Rocky, lui, il peut toujours sauter mais vous...

Et Adrienne rit en imaginant Rita la noire s'élançant sur la pointe des pieds, sautant d'un sac-poubelle à l'autre. Et elle conclut en cherchant la silhouette de l'autre perdue dans les ténèbres :

— Vous avez raison, Mademoiselle Rita, maintenant, le spectacle peut commencer.

L'avant-bras

Dans le soir qui tombait, les bancs de neige des deux côtés du bout de rue apparaissaient encore plus durs. Dressé devant sa fenêtre, tout frémissant d'ondes de haine bien grasse des pieds à la tête, le vieux Maurice serre les poings.

— Vas-y, mon maudit chien sale ! Va le fourrer dans la poubelle, ton sac d'épicerie !

Et il se dit qu'il devrait faire quelque chose, mais quelque chose de grand – pas une petite pétition qui sert à rien –, un coup d'éclat pour que, les lundis et les jeudis, il n'ait plus devant les yeux, dans son propre bout de rue, ce spectacle qui lui crève le cœur.

Le Christian s'en fout bien, lui. Il ne sait pas qu'il est non seulement illégal mais immoral de mettre ses ordures dans une poubelle publique. Il continue de marcher, la tête haute. Il ne sait même pas qu'il est observé et même s'il le savait, il y a fort à parier qu'il mettrait exprès encore plus de temps à sautiller sur la neige tapée du trottoir, traverser la rue et s'arrêter sous les pleins feux du réverbère pour balancer son sac même pas noué comme il faut dans la poubelle publique trop petite, en bois cerclé de métal, qui est réservée uniquement et exclusivement, comme chacun sait, aux petits sacs blancs étroitement noués qui contiennent les crottes de chien.

Un soir, se dit le vieux Maurice, je vais l'attendre et je vais le tuer. Un coup de 12 et hop. Et Christine restera. Il lui apprendra à mettre quoi dans quoi, ça dans le bac vert, ça dans le gros sac. Il lui apprendra le respect, voilà, c'est le mot, du déchet de patate et de la boîte de conserve, cet amour de la Terre qui ne peut qu'attendrir les cœurs les plus durs puisqu'il a même attendri le sien, à lui, le vieux Maurice.

— Tu es encore allée chez elle, tu pues.

— Qu'est-ce que tu veux, ça me fait du bien d'aller chez elle.

— Mais c'est une malade. On ne va pas demander conseil à des malades !

— Pourquoi crois-tu que j'irais lui demander conseil ?

« C'est vrai, ça, se dit Henri le fou de retraité. Pourquoi irait-elle demander conseil à qui que ce soit ? »

La nuit était maintenant carrément tombée. Plus d'échappatoires ni de petits carrés ou rouleaux de soie bleu nuit, indigo foncé ou autres faux-semblants. Du vrai noir comme personne ne l'aime et comme on ne l'aime surtout pas dans ce bout de rue.

— Tu te souviens, dit Henri. Tu te rappelles la première nuit qui est tombée après.

— Oui.

— Elle était tellement plus noire. C'est l'absence de reflets qui m'a remué le cœur.

C'était un lundi soir, comme ce soir.

Adrienne se garde bien de répondre. Ça arrive comme ça, à Henri, assez régulièrement mais toujours sans prévenir, de parler de fifille. Et c'est toujours pénible. De ça aussi elle a appris à se méfier. Au début de ces épisodes émouvants de prétendues réminiscences, elle se croyait obligée de participer, puis elle avait su qu'un seul soupir était de trop.

— Qu'est-ce que tu en sais, qu'il lui répondait, tu ne l'as jamais aimée, cette enfant-là, tu n'as jamais aimé que ton chat.

Alors Adrienne dit, comme toujours pendant ce genre de crise-là :

— On devrait allumer, il commence à faire vraiment trop noir.

Elle ne bouge pas. Le dos est devant elle, là, devant la vitre de glace opaque et autour, le salon aigre. Dans la cuisine, le chat couine en permanence parce qu'il a toujours faim.

Alors Adrienne dit au chat Nicky, comme toujours à ce moment-là :

— J'arrive, mon amour !

Et Henri le fou de retraité crie fort et dit que personne ne le comprend, qu'il n'a pas été créé par sa mère, une sainte femme, pour se retrouver le ventre laineux face à une école de briques, à un concierge fou, debout de l'autre côté de la rive, raide comme lui devant sa vitre, et lui, pauvre vieil homme assiégé de tous côtés par des voisins fous, un chat perpétuellement affamé et le fantôme d'une vieille qui s'est pendue pour mieux venir le tourmenter et lui tirer les pieds pendant la nuit, et une femme folle qui veut se faire amie avec les malades du quartier, mais c'est bien connu, qui se ressemble s'assemble.

— Tu peux penser tout ce que tu voudras, gémit la voix d'Adrienne derrière lui, moi je suis sûre que c'est la vieille d'en bas qui l'a prise, la petite.

— Regarde, il bouge !

— Qui bouge ?

— Le concierge !

— C'est normal, il s'énerve, les poubelles vont bientôt passer. Ils sont même en retard. Ses sacs sont prêts ?

Elle sait quoi dire pour calmer Henri, le ramener aux choses qui ne l'effraient pas.

— Bien sûr que ses sacs sont prêts, ça fait une demi-heure qu'ils sont sur le trottoir, qu'est-ce que tu crois ! Mais ça ne va pas l'empêcher de sortir pour voir si tout va bien se passer pour son petit sac à lui… Je t'ai déjà raconté… C'était au début de l'été, et il fait encore clair, l'été, quand les poubelles passent. Il était bientôt cinq heures et demie, comme aujourd'hui, je revenais de ma promenade, je ne sais pas si je te l'ai dit…

Alors c'est Adrienne qui crie très fort en dedans d'elle que ça fait cent fois qu'il lui raconte ça et sa petite voix à l'interne explose.

— Je te le dis, c'est la vieille Jeanne qui t'a pris ta petite ! Elle l'a attendue à la sortie de l'école, et couic, lui a tordu le cou et l'a fourrée dans un gros sac orange, et je te la balance au bord du chemin ni vue ni connue !

— Tais-toi, c'est toi la maudite folle !

— Et puis, la vieille s'est pendue.

— Tais-toi. Tu vois ce que tu deviens à force de fréquenter des folles !

Il se lève, le fou de retraité Henri, la prend par les poignets grassouillets, la force à se regarder dans le miroir au-dessus du gros buffet.

— Qu'est-ce que tu vois ? Dis-moi ce que tu vois !

— Une maudite folle, répond doucement Adrienne, une maudite folle qui était simplement trop âgée quand elle est tombée enceinte, trop âgée pour avoir un petit ou une petite, bien trop âgée...

Et elle veut transpercer le noir du miroir de ses yeux aussi vides que la nuit qui souffle son air froid dans la pièce. Et puis elle ajoute :

— Enfin, je pourrais voir une maudite folle si on allumait, parce qu'on ne voit vraiment plus rien ici.

— Hé, voilà notre concierge qui s'énerve !

Henri a carrément tourné le dos à Adrienne, s'est approché de la fenêtre, il a un rire presque joyeux.

— Il n'est plus devant la fenêtre ! Je suis sûr qu'il est sorti ! Ah, au fait, je t'ai pas dit, il est déjà sorti il y a une demi-heure, c'est bizarre, lui qui ne sort jamais quand les poubelles approchent, je ne sais pas où il est allé, pas bien loin parce que je peux te dire qu'il est vite revenu. Et le voilà ressorti, le grand Jack, il n'en peut plus d'attendre, c'est sûr... Et lui, tu l'as bien sorti au moins ?

— Qui ?

— Le sac-poubelle ! Que veux-tu que ce soit d'autre ? Tiens, j'ai envie d'aller voir, on sait jamais, c'est vrai qu'ils sont en retard aujourd'hui, c'est pas normal, ça... et puis j'ai envie de voir sa tête, au concierge, s'ils lui refont le coup de l'autre fois.

Le vieil Henri a vite fait d'enfiler ses bottes et son manteau.

Adrienne se retrouve à son tour assise devant la fenêtre, les fesses dans la chaleur du fauteuil du retraité. Elle se penche légèrement en avant vers la maison de sa nouvelle amie, en face à droite. L'ombre agitée de Rita passe et repasse dans de drôles de lueurs, derrière les rayures des stores.

— C'est bizarre, dit Adrienne, qu'est-ce qu'elle a à remuer tout soudain comme ça, on dirait un animal qui sent la tempête...

Et elle ajoute :

— Il faudrait bien que j'allume la lumière.

Personne ne sut exactement comment les choses s'étaient déroulées. On aurait voulu les articuler comme les pièces d'un casse-tête, comme des morceaux de vie qui finissent bien par prendre leur place un jour ou l'autre, se caser et s'assagir. Eh bien non, les choses restèrent dans le chaos le plus total, folles comme est décidément fou ce bout de rue.

D'abord, c'est bien sûr, c'est ce qui devait venir en premier, il y a eu le passage attendu du carrosse, scintillant comme un arbre de Noël, avec au ventre de la machine-camion son énorme bulle remplie d'ectoplasmes et de fantômes blancs. C'est du moins ce que se rappelle avoir pensé Henri le professeur retraité, qui a assisté à la scène et qui, autant le dire tout de suite, a tout vu.

Puis, les hommes poubelles en noir et rouge ont sauté à terre, en faisant des bonds dansants de voleurs masqués. Ils riaient dans le froid et leurs yeux scintillaient au même rythme que la benne à ordures.

« Pourquoi est-ce qu'ils rient comme ça ? » se disait Jack le concierge, debout sur le trottoir, face à Henri le retraité. Et il serrait son sac-poubelle encore plus fort contre lui.

Normalement, tout se passait assez vite, le temps de charger les sacs alignés devant la porte de côté de l'école. Il y en avait des sacs et des sacs, mais tout de même, ces gars-là étaient des professionnels.

C'est exactement ce que se disait le vieux Maurice en marchant pesamment vers ce qui allait devenir la scène du drame. Et ce faisant, il voyait la fine silhouette exécrée du jeune Christian, au feu rouge, près de sa chère poubelle publique, brandissant dans les airs son petit sac d'épicerie.

Le jeune Christian du couple de jeunes, lui, se demandait pourquoi cet attroupement et il rigolait dans sa barbe blonde comme rigolaient les hommes poubelles. Tout cela continuait de faire un grand vacarme, ces deux gaillards sautillant, empoignant avec allégresse les sacs noirs, les jetant dans la benne d'un seul bras et le grondement sourd des ordures broyées quand le rideau de métal tombe puis se relève sur l'extrême noir du dedans.

Vint le moment où Jack dut laisser partir son petit. Ça avait quelque chose de déchirant, ce grand gaillard, les yeux pleins d'eau, qui abandonne son enfant aux mains des professionnels rigolards. Seul Henri comprenait, toujours posté comme il aimait se poster en tel cas, de l'autre côté de la rue. Le vieux Maurice s'amenait, pas mal essoufflé, le jeune avait toujours le sac d'épicerie en l'air.

Ils étaient presque tous réunis maintenant, Jack devant l'entrée de l'école, Henri en face, et près du feu rouge, sur le même trottoir que Jack, Christian et le vieux Maurice. Ils ne bougeaient pas, on aurait dit qu'ils attendaient tous quelque chose. Pourtant, le spectacle était quasiment terminé. Le rideau se refermait une dernière fois sur le petit de Jack. Les valets de pied sautaient prestement de chaque côté du carrosse, fouette, cocher ! Une dernière étincelle de jets de lumières, un dernier grondement.

Jack se parlait à lui tout seul tout haut comme d'habitude, et sa main cherchait la photo dans sa poche.

Un grand silence d'hiver remplissait le bout de rue, avait réussi à faire taire le vent.

Christian, le jeune du couple de jeunes, a été le premier à voir le bras. Ou plutôt un avant-bras pourvu d'une main. Il était là, tout bête, étendu, en équilibre sur le banc de neige.

— Il a dû tomber du camion à poubelles, dit le vieux Maurice qui s'approchait, les poings pendants et la face rouge.

— S'il n'y avait pas la main, au moins, dit la petite voix d'Adrienne. C'est la main surtout…

Elle venait d'arriver en courant, n'avait pas pris le temps de boutonner son manteau de laine grise. Elle tremblait, peut-être aussi de froid. Elle avait gardé ses pantoufles qui enfonçaient dans la neige.

— C'est vrai, si au moins il n'y avait pas la main, disait en écho la jeune Christine, encore essoufflée d'avoir couru elle aussi, une main sur sa poitrine, l'autre qui battait frénétiquement en avant comme si elle cherchait de l'air.

— Il faut prévenir la police, dit le retraité Henri qui traversait la rue, s'approchait, se penchait sur l'avant-bras.

Il pensait lui aussi que ç'aurait été nettement mieux sans main. Une main mi-recroquevillée, mi-ouverte qui se balançait doucement sur la croûte gelée, comme pour s'amuser, avec des ongles carrés, des rides et des lignes et tout et tout.

— C'est une main d'homme, je dirais d'un homme dans la force de l'âge, je m'y connais, dit Maurice, prêt à raconter sa guerre d'Algérie.

Le grand Jack à son tour s'approchait du membre.

— Touche pas à ça, toi !

Le vieux Maurice avait décidé de prendre la direction des opérations.

L'avant-bras livide, nu comme un ver, commençait à tanguer. Le vent s'était relevé et, avec lui, la neige en remettait.

— Il faut peut-être le rentrer, hasarda Adrienne qui avait tellement froid pour l'avant-bras.

Ils regardaient tous Jack le concierge. La jeune Christine était allée se pelotonner contre son Christian et le sac d'épicerie qu'il tenait toujours à bout de bras valsait à la brise avec de grands claquements.

— Eh bien, qu'est-ce que tu attends ? glapissait le jeune d'une voix mal assurée qui tremblait en dedans. Rentre-le dans l'école en attendant.

Jack ne répond pas.

— Il faut appeler la police, dit Henri dans un sursaut de sang-froid.

Tout le monde opine du chef en envoyant de grosses volutes d'haleine blanche dans le noir strié par les flocons et baigné à intervalles réguliers de vert et de rouge par le feu de signalisation.

— Mais on les laissera pas entrer chez nous, ajoute Maurice.

— Ça non.

Là-dessus aussi tout le monde est d'accord.

— Alors, touchez à rien, je vais téléphoner.

Le vieux Maurice part, soudain grave, empli jusqu'au bord de la responsabilité qu'il vient d'endosser, sans qu'on ne lui ait d'ailleurs rien demandé.

Avant de rentrer chez lui, au haut de l'escalier du duplex, il a un regard pour l'école encore tout éclairée, la cabane de la Rita qui ne sort presque jamais et encore moins aux heures des poubelles. Une ombre agitée passe et repasse derrière les rayures des stores.

Là-bas, les autres n'osent pas trop bouger.

— Il faut réfléchir, dit pompeusement Henri le fou de retraité.

— On aurait peut-être dû le mettre dans un sac-poubelle et puis c'est tout, gémit la petite voix d'Adrienne. Dans le fond, il est tombé d'un camion d'ordures, il devrait y retourner, il n'est pas à nous, ce bras-là.

— En tout cas, encore heureux que ce ne soit pas le bras d'une petite fille.

C'est le jeune Christian qui a dit ça.

Adrienne sursaute, les pantoufles carrément enfouies dans la neige.

— Pourquoi vous dites ça ?

Jack, lui, ne dit rien, fixe la plaque noire de la fenêtre de la vieille Jeanne. Et puis il se dit à lui tout seul tout haut comme il en a l'habitude :

— Il faut que j'y aille maintenant. Demain, maman m'attend.

Jeudi, deuxième jour
des poubelles

Le journal de la bête 3

Je ne savais pas l'âge que j'avais quand j'ai fait ma première fugue.

Ils vous diront que j'en étais en réalité au moins à ma troisième fugue et à ma troisième famille d'accueil, moi, le petit d'homme abandonné par sa vraie mère et qui n'avait jamais connu son vrai père, moi l'enfant de l'assistance, bourlingué d'accueils en écueils, et que je me perdais dans mes rêves, à m'inventer des dépotoirs, des goélandes et des Princes noirs pour mieux me boucher les oreilles à leur écoute et à leurs conseils d'éducateurs et d'éducatrices tous autant qu'ils étaient.

Moi, ce que je veux me rappeler ce matin-là, car c'était un matin, c'est que les goélandes riaient encore plus fort que d'habitude autour de moi et que nos ordures avaient un goût salé. Un grand vent poussait sur tout ça.

Nous étions encore bien loin du jour de mon arrivée dans le bout de rue mais j'ai dit que je vous raconterai mon histoire par le menu et je continue.

Je me déplaçais toujours sur le derrière à cette époque-là car on ne m'avait pas appris à me lever.

La cheffe des goélandes m'avait enveloppé de papiers gras pour passer l'hiver et, jour après jour, m'apportait des restes de viande dans l'espèce de tanière qu'elle m'avait confectionnée sous les gros débris, ceux auxquels on ne touche pas de sitôt. En fait, ce n'était pas le premier hiver que je commençais, j'avais bien dû en vivre neuf ou dix, même si je ne sais pas compter, même si je ne sais pas mon âge.

Des étés aussi étaient passés. C'était plus dur, l'été. Je devais leur disputer ma nourriture. Les cheffes des goélandes changeaient, on aurait dit que personne ne se souvenait plus de moi quand les jours se faisaient plus doux et plus longs et je devais trouver la cheffe du moment, l'apitoyer par quelques couinements bien placés pour survivre jusqu'à l'hiver suivant.

Tout ça pour vous dire que ma vie à moi, pauvre petit sans couches, n'était pas de tout repos. Jamais de caresses, jamais de mains sur mon corps. Rien que de la vermine, la morsure d'un rat, des piques de becs et, de temps en temps, l'illusion d'une lueur de curiosité dans la prunelle d'un oiseau.

Ce matin-là, car c'était un matin, un matin d'hiver, je disputais une pelure de banane à une portée de jeunes rates particulièrement robustes quand je l'ai vu arriver. C'était la deuxième fois qu'il revenait au dépotoir. La première fois, il était resté à peine cinq minutes. C'était quelqu'un de très occupé, comme il m'avait dit le premier jour, alors quand il était venu la dernière fois, je l'avais regardé comme ça sans rien dire, faire son tour sur les tas d'immondices et prendre son envol comme un Prince noir qu'il est. Mais je savais qu'il reviendrait parce que c'était mon père dans ma tête à moi, et qu'il devait m'aider et me montrer la vie.

Il est de nouveau devant moi, ce matin, avec son chiffon blanc et ses oreilles pendantes. Derrière, passe un ciel d'ombres.

— C'est bien, dit le Prince noir en hochant son absence de tête. Maintenant, tu es assez grand pour apprendre un peu la vie. Viens avec moi.

Me voilà reparti sur mon derrière, décidé à ne pas le décevoir, m'appuyant à terre de mes mains de chaque côté pour aller plus vite. Mais le Prince noir ne l'entend pas de cette oreille. Me souffle dessus par ses longs cornets, me met debout, me jette ce qui sera mon premier chandail et mon premier pantalon.

Puis il dit :

— Il faut que nous y allions maintenant.

Le camion à ordures file à toute allure. Il n'y a pas encore d'ordures dedans. Il n'y a que le Prince noir et moi. Le dépotoir a disparu depuis belle lurette. Nous avons bien failli ne pas partir, manquer la benne. Le Prince l'a attrapée au vol avec moi sur son dos. Et maintenant, dans l'antre de la machine, je me dis que c'est comme si je revenais au début et je repense à mon premier voyage, sauf que je suis plus grand, c'est étrange, soudain presque aussi grand que le Maître en chiffons qui se balance dans l'autre angle de la benne, on dirait qu'il danse.

Je serais bien resté plus longtemps, bien tranquille dans le camion, vous comprenez, c'est un peu comme si je retournais dans le ventre de ma mère. Seulement voilà, nous n'étions pas partis en excursion. Les hommes poubelles commençaient à faire leur office, à charger la benne de bouquets d'ordures. Le Prince noir et moi avions donc de moins en moins de place. Si peu de place que mon compagnon semblait s'être aplati dans son coin, si aplati qu'on ne distinguait même plus le blanc de son chiffon.

Alors, pour vaincre la peur qui commençait à m'étrangler et les odeurs qui me remuaient le cœur, j'ai recommencé à fixer, vous savez, les lueurs sautillantes, comme au début. Et il y en avait des lueurs ! Chaque fois que le rideau se levait, j'irais même jusqu'à dire que c'était un feu d'artifice.

Je me suis approché de la sortie. Je ne cherchais plus des yeux le Prince dans les ténèbres. Je regardais seulement les lumières, les merveilleuses lumières qui clignotaient de couleurs si rouges, si bleues, si vertes, si or qu'elles vous font sauter la cervelle à chaque crépitement. Moi qui n'avais connu que le noir et le gris et le mauve de certains ciels où se reflétaient les déchets d'hommes, je découvrais la couleur, la couleur qui bouge et qui chante et qui appelle.

Alors, j'ai fait ce que je n'aurais pas dû faire. Sans même dire au revoir au Prince noir, j'ai sauté du camion. J'avais calculé mon coup. Entre deux entrées d'ordures, juste avant la tombée du rideau.

Je me suis retrouvé marchant, car je marchais. Et enfant, car j'étais un vrai enfant d'homme. La preuve, je me voyais, alors que je ne m'étais jamais vu de ma vie, je me voyais sans arrêt dans les reflets de rue qui m'attendaient dans tous les coins, dès que j'amorçais un virage et même quand j'allais tout droit, le regard en avant, les poings serrés au fond de mes poches. Enfant donc et non petit goéland, j'étais redevenu ou j'avais toujours été, sauf que les enfants que je croisais, eux, ils se pavanaient aux bras de leurs parents, de vrais parents qui les cajolaient et les bichonnaient et les caressaient tout en marchant.

Moi, je m'avançais seul, je butais parfois sur les crêtes de neige des trottoirs, je cognais du coude quelqu'un qui passait et, vous savez, je vais vous dire, je m'en moquais parce que moi, je me baignais dans les lumières.

Je devais être au cœur de la cité. Devant une énorme maison, des lumières argent dansaient dans des sapins. Des lumières d'or coulaient du haut des grandes fenêtres et me chauffaient doucement. Je fondais de reconnaissance. J'étais un petit d'humain et c'est ici qu'était ma place, parmi mes semblables et les étincelles de feux de joie.

Quelqu'un dit parmi les passants :

— Joyeux Noël !

Et vous vous rendez compte, j'étais tellement attendri que j'ai failli leur répondre à tous :

— À vous aussi !

La nuit était tombée et les lumières de la ville sautaient on aurait dit encore plus allègrement quand j'ai décidé de quitter la grande rue et de m'aventurer dans une petite arrière-rue. Je n'aurais pas dû.

Il était presque entièrement confondu avec l'ombre, penché en avant. Il était vieux, laid et sentait l'ordure. Il fouillait avec des gestes brusques dans d'immenses poubelles en métal.

Il faisait noir dans cette arrière-rue, exactement le noir opaque et froid que je connaissais si bien depuis ma naissance ratée. Envolées, les lumières de la fête, mes poings se serraient à me faire mal au fond de mes poches.

Le vieil homme continuait de fouiller dans les hauts récipients de métal en faisant un vacarme du diable et ses bras tour à tour plongeaient et se levaient, dressés tout tordus vers le ciel peint à l'encre de Chine. De temps en temps, il agrippait un morceau de butin qu'il déposait lentement sur le sol et alors il grognait de plaisir à n'en plus finir.

Je lui ai crié :

— Pourquoi fouillez-vous dans ces poubelles comme ça ? Elles ne vous ont rien fait !

Il ne répondait pas, continuait de fouiller de plus belle. C'était un voleur de poubelles.

Je lui dis encore :

— Écoutez-moi, je ne peux pas vous laisser faire ça. Je suis moi-même un déchet de femme qui m'a jeté à la poubelle. Je ne supporte pas de voir ça. Vous comprenez, moi, j'ai appris à aimer les poubelles parce qu'elles sont ma mère et mon père. Je vous demande une dernière fois de laisser ces déchets en paix.

Il ne disait toujours rien que ses rugissements et continuait son travail de tri. Moi, j'aperçois un morceau de tuyau par terre, bien solide, bien glacé. L'homme en était à extraire sa troisième cannette vide quand j'ai frappé. Un grand coup sur la nuque, à la lisière du col du vieux manteau qui se teint aussitôt en rouge. L'homme se balance sur ses pieds, ses mains s'agitent, il a l'air d'un goéland qui s'est brisé une aile. Il gémit comme un tout-petit qui a mal au ventre.

Je lui remets un autre coup de tuyau. Alors là, il tombe en avant, carrément le museau dans la plus grande des poubelles qui lui fait comme un nid. D'un coup de pied, je le fais entièrement basculer dans la poubelle. Et je comprends à ce moment-là que je suis devenu une bête. C'est bien du vrai sang que j'ai sur les mains. J'ai tué et je tuerai encore. Ce plaisir-là, cette vengeance-là, à toujours recommencer, non, je ne les ai pas rêvés.

Le Prince noir m'attendait à la sortie de l'arrière-rue avec son chiffon blafard et sa longue cape qui se gonflait avec de drôles de craquements. Je savais que je l'avais déçu en tuant le vieil homme, qu'il me retirait son aide, ne me guiderait pas vers la vraie vie, qu'il ne me permettrait peut-être même pas de revenir dans la grande rue de la ville, me réchauffer aux lumières.

Alors je me suis avancé, moi, enfant petit d'homme, moi, déchet des déchets. J'étais malheureux et le sang du clochard battait sous mes ongles, au creux de mes poings serrés.

Il ne dit rien du tout, le Prince noir. Pas un mot. Il m'enveloppe avec sa cape, il me tient bien fermement comme un balluchon et me jette dans le premier camion-benne qui passe.

Quand on m'a débarqué au dépotoir, il faisait nuit noire. Pas la moindre petite étoile. Personne pour m'accueillir. Pas la moindre rate ou petite fourmi. Et la cheffe des goélandes, ma maman goélande à moi, n'accourait même pas sur ses pattes d'oiseau pour me demander où j'étais parti, comme ça, sans prévenir, ce que j'avais fait et tout et tout, et me dire de ne jamais recommencer parce qu'elle s'était tellement inquiétée.

Deux ombres chez Jack

La première des ombres n'arrêtait pas de répéter :
— Il fait toujours aussi noir ici ?
Et la deuxième :
— Drôle de bout de rue.
Et en chœur :
— Il fait toujours aussi noir ici ? Drôle de bout de rue.
Les deux ombres étaient deux policiers envoyés pour enquêter sur l'avant-bras. Et ils ne semblaient visiblement pas savoir quoi en penser, de cet avant-bras-là. Jack les regardait farfouiller dans son deux et demi sans rien dire. Il ne parlait plus, avait assez répété qu'aujourd'hui, même si c'était jeudi, le deuxième jour des poubelles, il avait promis à sa mère d'aller la voir, il devait absolument aller la voir et même si elle avait perdu la tête et la mémoire et tout et tout, elle allait l'attendre à l'hôpital. Et qu'en cinq ans, il n'était jamais arrivé en retard.
La deuxième ombre, plus ténue et sans doute inférieure à l'autre, tâtait le couvre-lit orange, ouvrait le garde-robe en reniflant comme un poisson qui s'ébroue,

effleurait d'un œil éteint les chandails, les pantalons et les chemises de Jack, tout ça perdu dans le gris et l'usure.

— Tu es sûr que tu ne l'avais jamais vu, ce bras-là, avant lundi dernier ?

Jack secoue sa grosse tête avec effort. Il a autre chose à faire d'urgent, de très urgent, qu'à écouter ce bonhomme à la voix traînante, assis face à lui dans le petit deux et demi, et comme toujours quand il a de la peine ou de la colère, il ne répond rien.

— Bon, alors écoute, dit l'ombre assise, on est jeudi et ça s'est passé il y a trois jours, lundi, un jour des poubelles. Raconte-moi encore comment ça s'est passé.

Et Jack essaie de raconter encore. Et l'ombre reprend :

— Hier, je suis allé voir tes voisins d'en face. Drôle de bout de rue. Tu les connais bien ?

Jack secoue sa grosse tête avec effort. Ils avaient pourtant dit, tous, qu'ils ne laisseraient pas entrer les policiers chez eux. Et l'ombre reprend :

— Le vieux fou avec son chien qui est mort. Est-ce que ça me regarde, moi. Prêt à faire ouvrir une enquête pour son caniche et puis quoi encore ? Les autres, pas mieux. Le couple de retraités, leur fille qui aurait disparu. Une autre enquête à ouvrir, à moins que ce soit déjà fait. Faut quand même que je voie ça, une fille, c'est pas un chien tout de même.

L'autre ombre a quitté la chambre, rôde du côté de la fenêtre qui donne sur la cour de l'école, regarde d'un œil vide la cour vide. Le cœur de Jack se serre. Si ça continue, il n'aura pas le temps de faire ce qu'il a à faire et c'est pourtant un travail très important.

— Sans compter la vieille du bas, qui s'est pendue il y a quelques mois, continue la plus grosse ombre des deux, celle qui est assise. Celle-là, j'ai regardé son dossier. Tu sais quoi ? Elle s'est pendue sur un tas de sacs de vidanges orange. D'habitude, on monte sur un escabeau, non ? Drôle de bout de rue.

— Qu'est-ce qu'il fait sombre ici ! dit l'autre policier plus maigre, comme en écho, tandis que le front de l'ombre, celle qui est debout, s'appuie contre la vitre comme le fait pratiquement chaque matin Jack le concierge.

— Je dois partir, dit Jack, maman m'attend.

Les deux ombres se tournent vers lui d'un même mouvement brusque. Elles roulent de gros yeux et leurs bouches s'ouvrent grandes d'étonnement et d'indignation.

— Ben quoi, on fait notre travail !

— Oui, rétorque Jack le plus doucement qu'il lui est possible, mais n'empêche que maman m'attend.

— On a interrogé les gars du camion à vidanges. Ils se sont aperçus de rien, c'est ce qu'ils disent. On a envoyé le bras au labo mais avant qu'ils nous donnent des nouvelles... ils se pressent pas, ces gars-là, grogne le plus gros des bonshommes qui se lève, et les deux ombres sont maintenant debout, se déplacent lourdement, à présent farfouillent partout, ouvrent des portes de placards, font tout un vacarme. Jack n'en peut plus, il crie :

— Il faut que j'aille voir ma mère, vous comprenez ça ? J'ai rien à vous dire.

L'ombre la plus mince se gratte le menton.

— Tout de même, c'est fou ça, on dirait que le soleil ne rentre jamais ici.

— C'est ta poubelle ? Elle est déjà prête ?

La plus grosse ombre montre du doigt le sac replet près de la porte.

— Oui, c'est aujourd'hui jeudi, le deuxième jour des poubelles.

La nuit s'est plaquée dans tous les recoins du deux et demi. Et avec elle, les ombres ne sont même plus des ombres.

Jack regarde les deux flaques d'eau noircies qui lui font face. La sonnerie de l'école fait retentir ses petits sons grêles. Les deux flaques se déversent mollement vers la sortie.

— En tout cas, tu bouges pas. On reviendra, disent-elles en chœur avant de s'écouler dans la rue.

De l'autre côté, dans le trou de la cour plus obscur que les maelströms les plus profonds, les derniers petits êtres qui s'y étaient attardés se sauvent en courant. Le noir est partout.

Jack se dit qu'il a quand même le temps. Parce que ce n'est pas sa mère qu'il va aller voir, parce qu'il a autre chose à faire et qu'il est un peu en avance pour faire ce qu'il a à faire. Et puis, il n'a vraiment pas loin à aller.

Pendant ce temps chez Rita...

— Si vous êtes sages, je vous parlerai du centre-ville.

C'est Christine qui parle, les jambes sous elle, croisées. Elle est assise, désinvolte, devant la fenêtre, comme déposée sur la chaise de bois plaqué blanc. Elle a l'air à l'aise. Pas intimidée le moins du monde.

Adrienne lui envie cette assurance. Elle, Adrienne, n'était pas aussi à l'aise, elle n'avait pas cette allure-là quand elle est venue pour la première fois chez Rita la malade de l'écureuil gris. N'empêche que c'est une petite sotte, que Rita a dû s'en apercevoir et que, tout comme Adrienne, elle la méprise sans doute déjà royalement. Voilà.

— Ça ne vous retourne pas, vous, toute cette histoire ?

C'est Adrienne qui parle et sa petite voix qu'on commence à connaître se réverbère contre les murs.

Elles ont l'air des trois Parques, celles qui faisaient et défaisaient à coups d'écheveau les destins des hommes dans la Grèce ancienne. Mais aucune d'elles ne ferait une telle comparaison.

Contrairement à ce qu'on pourrait penser, c'est Christine qui trône en contre-jour avec ses longues jambes sorties à la va comme je te pousse de son ensemble veste-pantalon gris rayé de gris. Et Christine la niaiseuse dit :

— Je vais vous parler du centre-ville.

Assise du bout de ses grosses fesses sur la chaise, Adrienne tourne la tête, comme une girouette de clocher des églises d'autrefois, à gauche vers la jeune femme à la fenêtre, à droite vers la malade de l'écureuil gris, l'hôtesse assise sur son sofa comme toujours, le museau en l'air, à humer les bonnes odeurs de pourriture qui flottent et se frôlent dans l'espace.

— Alors voilà, quand je vais travailler au centre-ville, j'arrive par le métro. Au fait, est-ce que vous avez déjà pris le métro, toutes les deux ?

Une autre remarque niaiseuse.

— Pas ensemble, pouffe Adrienne, mais séparément, c'est sûr, hein Rita ?

Rita acquiesce, se paie même un sourire sur sa tête de fouine, et pourtant, se dit Adrienne, elle semble inquiète, comme un animal qui sent la tempête.

Et la plus jeune des Parques reprend :

— Alors, après le métro, il y a la foire alimentaire, comme ils l'appellent, et pour une foire, c'est toute une foire !

Les yeux de la jeune Christine rient, et elle agite les jambes. Le vieux Maurice au chien crèverait sur place s'il la voyait comme ça maintenant. Elle raconte les bruits, les pas, les odeurs, la voix de Christine cliquette dans les hauteurs. À présent, elle conte le fracas des bennes à ordures.

— Comment vous dire, c'est pas vraiment un camion puisque personne n'y monte, mais aussi c'est plus qu'un contenant, comme un énorme ventre qu'on pousse, un ventre éventré, c'est ça, avec des tas et des tas de sacs en plastique noir dedans, et ça roule sur de toutes petites roues, ça traverse la foire des aliments et ça fait un vacarme ! T'as pas intérêt à te trouver sur le chemin ! Parce que le bonhomme ou la bonne femme qui pousse l'engin ne s'arrête pas, il te passerait plutôt sur le corps !

Christine rit et rit, Rita a un rictus qui lui fend carrément le museau en deux. « Quelle petite sotte ! » se dit Adrienne qui lance très vite, comme désireuse de capter à son tour l'attention de sa noire amie :

— Moi, au centre-ville, un jour, j'ai vu, suivant ce ventre à ordures-là, un joueur de trompette à gros nez, un faux nez, et il soufflait dans sa trompette, et un autre tout grand tout maigre le suivait en faisant claquer des cymbales grosses et brillantes comme deux soleils !

— C'est drôle, moi je vais tous les jours au centre-ville et je n'ai jamais vu ça.

Christine prend un air pincé, décroise les jambes. Derrière elle, des pans opaques s'accrochent à la vitre. Adrienne se cale un peu plus profondément sur sa méchante chaise, pas mécontente de son effet.

— Moi aussi, dit alors Rita, j'aurais une histoire à vous conter, mais moi, c'est une histoire vraie.

Les deux autres en chœur :

— Hé, moi aussi, elle était vraie, mon histoire !

Et puis Adrienne croit avoir compris. Elle dit et son cœur bat fort :

— Vous allez enfin nous conter comment vous êtes devenue malade de l'écureuil gris ?

Elles ont l'air de trois mortes comme ça, trois âmes arrivées au bout de leur souffle, des spectres qui ne se dégagent même plus des ombres plus denses qui collent aux angles de la pièce, aux murs et aux amas de sacs de plastique planqués dans tous les recoins.

— Bon, je vais vous raconter, dit Rita, et puis après, toutes les deux, vous partirez, le spectacle va commencer, le temps m'est compté.

Elle passe une main dans ses cheveux ras, frémit du nez, respire un bon coup de senteurs de fruits blets, tandis que des cernes bleus tombant de ses yeux malades lui dévorent la moitié du visage.

— Alors je dois vous dire d'abord que, avant, j'habitais dans une grande, une belle maison. Une maison très propre. Et tout le monde qui y vivait était très propre. Tellement que mon père, ma mère, ma sœur, mon frère, quand ils bougeaient, c'était comme s'ils se déplaçaient dans des reflets de miroirs d'argent brillant. Je ne sais pas si vous me comprenez, ils brillaient en permanence, pas une minute d'arrêt, et moi, j'étais éblouie en permanence. C'est comme ça que, toute petite, j'ai commencé à avoir très mal aux yeux. Je me suis mise à porter des lunettes de soleil mais le père, la mère, la sœur, le frère brillaient toujours autant dans la lumière du soleil le matin, au repas du soir sous les ampoules électriques, et entre les deux, à chaque rencontre dans les jardins ou les couloirs de notre grande et belle maison propre. C'était insupportable. Mon seul soulagement était de retrouver le noir de ma chambre.

— C'est beau ! soupire Adrienne.

L'autre écoute, bouche bée, elle qui a des yeux rieurs et ne connaît rien au noir.

Rita reprend :

— Je me rappelle la première fois que j'ai caché des pommes sous mon lit. Je me suis dit : « Celles-là, elles ne partiront pas, elles resteront avec moi. » Vous me direz que des pommes, ça n'a l'air de rien. Et pourtant, elles étaient tout pour moi. Je les épiais sous le lit, guettais le premier signe de meurtrissure.

Il paraît que c'était le premier signe de la maladie que j'avais. Et ça a empiré. Non seulement ils brillaient vingt-quatre heures sur vingt-quatre mais ils jetaient en plus les ordures avec une désinvolture... Les ordures, nos ombres à nous, les reliefs de nos vies, de nos heures, de ce qu'on a vécu, de ce qu'on a été les seuls à vivre de cette façon-là... parce que si on se met à tout jeter ce qu'on a aimé, ce qu'on a jugé indigne de garder, c'est la fin de tout, vous comprenez ?

Pour une fois, c'est Christine qui, sans d'ailleurs rien comprendre à tout ça, acquiesce, secoue vigoureusement la tête. Adrienne n'aime pas le lyrisme des autres, se renfrogne.

— Et puis un soir, j'ai crié et je n'ai pas arrêté de crier quand ma mère a jeté sous mes yeux tout le contenu du frigidaire à cause d'une panne de courant. Je hurlais et elle m'a regardée, toute brillante qu'elle était. Elle a dit : « Mais tu es malade ! » J'ai dit oui. C'était trop évident.

— Il fallait voir un médecin, dit Christine d'un air sincèrement apitoyé.

— Trop tard, martèle farouchement Adrienne. Ça reste toujours là, ces coins d'ordures dans nos têtes. Ça s'accumule, on ne peut jamais vraiment faire le ménage, on meurt avec.

Christine la niaiseuse veut rigoler des yeux comme toujours.

— Vous êtes gaie, vous !

— C'est ça la vie, tranche Adrienne.

Christine hausse les épaules, se tourne vers Rita :

— Et puis après ?

Alors Rita l'osseuse raconte le diagnostic, le traitement. C'était simple, le médecin lui avait dit que pour guérir, elle devait jeter de plus en plus n'importe quoi et de plus en plus vite. Elle a tenu un mois pour faire plaisir à papa, maman, petit frère, grande sœur, toutes ces étincelles de brillance qui l'aveuglaient et lui disaient vouloir son bien. Et puis, au bout d'un mois, un mois et demi, elle s'est remise à cacher sous son lit des pommes et même des os de côtelettes, et puis quand la puanteur a été si forte qu'elle a envahi le palais de lumières, elle a été jetée dehors. Dans la nuit.

Il faisait très noir dans cette nuit-là. Elle avait seize ans. Elle s'éloignait dans l'allée avec son balluchon en chiffons qui lui battait les reins. La maison derrière elle brillait comme elle n'avait jamais brillé.

Puis il y a eu un petit appartement. Loué. Travaillé. Et puis plus travaillé. Emménagé dans la cabane. Elle était bien où elle était maintenant.

— Vous savez, dit encore Rita, des fois je me demande si c'est pas toute cette brillance-là que je veux emprisonner dans mes sacs sans plus jamais la laisser sortir, toutes ces glaces étincelantes que je dois réchauffer sans jamais avoir le droit de laisser aller un petit peu de moi.

Silence.

— Quand même, dit Christine qui veut croire en la vie, vous allez voir votre mère presque chaque jour à l'hôpital pas loin d'ici.

Et Rita explique qu'un jour, ils avaient fini de briller, tous autant qu'ils étaient, surtout le père et la mère, avaient volé en éclats de verre, le père était allé pourrir quelque part, la mère n'en arrêtait pas de finir, cassée en deux, la tête fêlée.

— C'est le même hôpital où est placée la mère de Jack le concierge, c'est drôle ça.

Adrienne est contente de sa sortie. Allez savoir pourquoi. Rita a un sourire qui tremblote sur ses lèvres minces. Chaque fois qu'on parle de Jack, elle a le cœur qui se serre. Et pourtant elle dit :

— Ce n'est pas sa mère. Il a inventé que c'était sa mère. Il s'est inventé une mère.

Les deux autres :

— Comment le savez-vous ?

— Je le sais. C'est vrai qu'il va voir une vieille à l'hôpital des vieux sans mémoire, il y en a qui disent qu'il lui a même volé sa photo dans son sac. Chaque fois, il reste seulement une minute à côté d'elle, mais qu'est-ce que ça fait puisqu'elle n'a plus sa tête, et puis il s'en va marcher dans les couloirs, il n'arrête pas de passer et repasser, ses grosses mains nouées derrière le dos, tout le monde a peur de lui. Moi, quand je vais voir ma mère et qu'ils se mettent tous à me questionner, je les rassure, je leur dis qu'il n'est pas dangereux... Dans le fond, je suis peut-être la seule à le comprendre. Un jour, avant qu'il soit trop tard, je vous dirai vraiment, je vous raconterai.

Le noir a tout gobé à présent. Elles n'ont plus l'air de rien comme ça, toutes les trois, trois absences avec des soupirs et des peines en négatif.

Rocky le chat se fait les griffes sur un sac d'ordures.

— Chut ! fait Rita.

Rita court, saute de sac en sac à la poursuite du chat qui rit sous sa paire de moustaches. Rita court de plus belle ou Adrienne se l'imagine. Adrienne rit. Et elle dit :

— Moi aussi j'ai une histoire !

— Attendez, interrompt Christine, il y a du monde chez le concierge, on voit des ombres, deux ombres. Vous croyez que c'est la police ?

— Bon, eh bien c'est ça, Christine, si vous ne voulez pas l'entendre mon histoire, dites-le tout de suite !

Rita est d'accord :

— C'est vrai, on a chacune raconté notre histoire, ça peut être de nouveau son tour. Mais il faut faire vite, très vite, je n'ai plus beaucoup de temps.

Christine la niaiseuse replie ses jambes sous son long torse ondulant. Le museau de Rita se perd dans le noir toujours plus dense qui se prend aux lignes du sofa.

— Alors voilà, commence Adrienne. Je vais vous dire, je vais vous raconter.

— Pas l'histoire de Rocky, vous n'avez pas le droit, grogne une voix qui sort de Rita.

Et Adrienne, comme si elle s'excusait :

— Mais non, c'est pas une histoire de chats, c'est bien plus grave que ça.

— Pas encore une histoire d'ordures !

Car Christine ricane, pense tout haut qu'elle commence à en avoir assez de ces histoires de folles, qu'ils sont décidément tous fous dans ce bout de rue, moins fous quand même que le vieux Maurice qui la dévore de ses petits yeux pleins de chiures de mouche quand elle passe, surtout quand elle monte l'escalier de son pas rieur, elle en est sûre et certaine, il n'y a pas d'autre mot, il la mange des yeux.

— Non, dit Adrienne qui est devenue, le crépuscule hâtif de l'hiver aidant, une boule frémissante en équilibre plus que jamais instable sur sa chaise, mon histoire à moi, elle commence il y a quinze ans.

— Moi, j'étais une petite fille à cette époque-là ! glapit Christine.

— On ne vous a rien demandé à vous !

Et la petite voix d'intérieur d'Adrienne vibre et vibre, elle regrette de plus en plus d'avoir emmené cette jeune imbécile chez son amie la sombre et fidèle Rita.

— Alors, je reprends. Ça a commencé il y a quinze ans.

Cette fois personne ne l'interrompt, et Adrienne a subitement peur.

— Je ne sais pas pourquoi je vous conte ça.

— Pour avoir un coin d'ordures en moins dans la tête, dit Rita, et il y a de la brutalité et de l'impatience dans sa voix, comme si elle attendait quelqu'un.

Adrienne grimace un tout petit sourire.

— En tout cas, je vais vous dire, ça a commencé quand Henri, enfin, mon mari, enfin, vous le connaissez, quand il s'est mis dans la tête, enfin je veux dire, cette petite-là... d'abord, j'étais bien trop vieille, vous comprenez ?

Cette fois, on ne les distingue plus les unes des autres, toutes les trois. Rocky s'est endormi sur le premier sac de poubelles, près de la porte.

— Bon, il faudrait que j'y aille, Christian va m'attendre, bouge Christine la niaiseuse qui de toute façon en a plus qu'assez de ces drôles de silences et de cette poisse qui colle à la peau sans que personne ne pense à allumer la lumière.

Et elle ajoute, la jambe en l'air, s'éloignant dans le couloir en dansant :

— Et puis, ça va être bientôt les poubelles. Faut pas manquer ça, des fois qu'on retrouverait l'autre bras, une oreille, des doigts de pieds, est-ce que je sais, moi !

Et Adrienne veut tout oublier, surtout ce qu'elle était sur le point de raconter. Elle se lève et elle rit et rit et ce rire la fait s'envoler derrière Christine et fait mal au ventre à Rita la malade de l'écureuil gris.

Il est seize heures. Des limites de la ville, les bennes se mettent en marche et roulent vers les bouts de rues, bardées d'étincelles des Fêtes.

Macabre découverte chez la vieille Jeanne aux sacs orange

— Finir comme ça, dans un coin de rue glacé à brailler comme un malade pour un cabot, moi qui suis né dans la région parisienne !

Le vieux Maurice au chien renifle, jette un regard en dessous à Henri, le fou de retraité, assis en face de lui, comme lui, sur un grand sac à vidanges orange. C'est Maurice qui avait eu l'idée :

— Et si on allait voir chez la vieille, avait-il dit, peut-être qu'on découvrirait quelque chose en rapport avec l'affaire… je veux dire…

Il en était venu à bafouiller. C'était il y a une heure de ça à peu près. Ils s'étaient croisés sur le palier, au haut des marches de l'escalier du dehors, Henri qui revenait de sa promenade et Maurice qui revenait de rien du tout, tout au plus de sa télé muette et des bruits qui lui peuplent la tête. La nuit s'apprêtait à tomber.

Ils avaient regardé Adrienne qui, au même moment, se dirigeait vers la cabane à Rita, flanquée de la jeune Christine.

— Quelle idée d'aller là ! Qu'est-ce qu'elles s'imaginent trouver, ces pauvres folles ? Remarque, je suis sûr que c'est ta femme qui a décidé, l'autre, elle a suivi, c'est sûr.

De cette réplique du vieux Maurice, Henri n'avait retenu que le tutoiement qui l'avait profondément agacé. D'ailleurs, tout l'agaçait. Il était aussi capable que le vieux au chien de mener l'enquête. Alors il avait dit :

— D'accord, on y va. Je vais chercher la clé.

Maurice l'avait attendu sur le palier et ils étaient entrés chez la pendue la tête dans les épaules et le dos rond, comme deux enfants qui vont commettre un mauvais coup. Et les voilà tous les deux dans le salon de la vieille, le derrière en mal d'équilibre sur des sacs orange aux angles bizarres.

— En tout cas, dit le vieux Maurice, il n'y a rien là-dedans qui pue, on le sentirait depuis le temps.

Henri opine de sa tête de faux officier à la retraite.

— C'est sûr. C'est moi qui les ai remplis après la mort de la vieille, c'est plein de ses vêtements et de ses cossins, c'est tout.

— Ça pue tout de même un peu quand on y pense, renifle Maurice.

Et puis il ajoute aussi et ses petits yeux percent la grande ombre du retraité en face de lui, à cheval sur son sac :

— Et on peut savoir pourquoi vous ne les avez pas mis au chemin, ces sacs-poubelles-là ?

Henri préfère dire :

— Je n'ai jamais osé revenir ici depuis qu'elle s'est pendue, sauf pour faire les sacs de linge. Saviez-vous qu'elle s'est pendue sur un sac orange ? Enfin, je veux dire, elle est montée sur un tas de sacs orange, elle a enroulé une corde accrochée au plafond autour de sa tête et puis elle a repoussé les sacs à coups de pieds, suspendue à sa corde.

Il y a comme des murmures dans la grande pièce toute vide où une ampoule électrique n'a pas brillé depuis longtemps.

— Si j'avais su que je finirais ici, dans cette espèce de bout de rue, répète le vieux au chien. Je vais vous dire, je vais vous raconter, j'ai eu une vie tout de même, une femme et même des enfants, mais il paraît que j'avais mauvais caractère, et puis quoi encore ?

L'autre ne réagit pas, comme fermé, le dos frémissant sous la veste de grosse laine.

— J'en ai fait des métiers, moi, reprend Maurice qui veut à tout prix raconter son histoire, d'abord j'en ai torturé, moi, et dépecé des fellaghas, j'étais même passé maître dans le dépeçage, et puis je suis revenu dans la région parisienne et puis j'ai eu une femme et des enfants comme tout le monde et puis ils m'ont foutu à la porte et puis je suis venu ici, dans ce pays, tout seul et je suis resté tout seul, tout vide, vous comprenez, sans rien derrière ni devant pour me remplir un tantinet et puis j'ai rencontré Gugusse, parce que, écoutez, c'est pas banal, je ne l'ai pas acheté, on s'est rencontrés comme ça, au coin d'une rue, pas bien loin d'ici. Il marchait comme ça, le museau au vent, avec ses petits poils courts frisés et ses grands yeux noirs aux reflets comme des grosses billes. C'était une fin d'après-midi de printemps, il avait l'air tellement seul, et moi aussi.

— Allez donc voir dans le garde-robe, dit Henri.

— Et qu'est-ce que je trouverai ?

— Vous verrez bien.

Le vieux Maurice ne bouge pas. Et ils restent comme ça, tous les deux, bêtement juchés sur leurs énormes baudruches.

— Racontez-moi d'abord votre histoire à vous ! dit Maurice.

— Je n'ai pas d'histoire. J'ai enseigné toute ma vie dans une école comme celle d'en face.

Ils fixent tous les deux le gros rectangle de l'école qui perd ses angles dans la nuit presque tout entière tombée. Les sacs bruissent sous eux.

— Il y a des ombres chez le concierge, dit Maurice.

— Deux ombres, veut préciser Henri. Les deux gars de la police qui sont venus chez nous.

— Je serais eux, j'irais pas avec le dos de la cuiller. Ce gars-là a des choses à cacher.

— Tout le monde a des choses à cacher, rectifie Henri d'un ton sentencieux.

Ils regardent tous les deux maintenant les ombres qui font un drôle de ballet chez le concierge, s'agitent, se calment, s'agitent encore.

— Pourquoi elle s'est pendue, la vieille ? grogne le vieux Maurice. Est-ce que c'est à cause des enfants ? De voir toujours et toujours des enfants. C'est la faute aux enfants.

Et puis il se lève, va vers le garde-robe et voit tout de suite les petits os blancs dans le coin, comme phosphorescents dans le noir.

— Tu te rends compte ? La vieille sadique, elle l'a affamé, elle l'a fait mourir de faim.

Le vieux Maurice renifle, debout de sa petite taille trapue dans la pièce qui sent doucement la mort.

— Attends, dit l'autre, toujours juché de profil sur son sac, je voudrais te raconter, pour fifille, je voulais te dire…

— Je m'en fous de ta fifille ! Viens, on va quand même pas le laisser comme ça, Gugusse, on va au moins le mettre dans un sac !

— Tiens, il y a aussi des ombres chez Rita, observe Henri. Trois folles, pas une pour racheter l'autre.

— Mais qu'est-ce que je fais, moi, avec mon Gugusse ? crie le vieux Maurice sans chien.

— Je voulais… J'aurais voulu te raconter pour fifille…

Maurice s'est rassis sur le sac, soupire, et ses yeux sont gros et rouges.

— Qu'est-ce qu'elle a ta fifille ? C'est la vieille aussi ?

— Non, c'est pire que ça.

Puis Henri le fou de retraité se tait. Il dit seulement :

— Les policiers sont partis. Il ne faudrait pas tarder si on ne veut pas être en retard pour les poubelles. Qu'est-ce qu'on va avoir après un avant-bras ?

— En tout cas, c'est pas le petit morveux de Christian qui va prendre la direction des opérations ! Non mais, tu le vois quand il va porter son maudit sac d'épicerie à la poubelle publique d'en face ?

Le vieux Maurice frissonne de haine. Henri ne retient encore une fois que le tutoiement. Et parce qu'il est profondément agacé de s'être laissé aller à tutoyer lui aussi, il rétorque :

— Qui me dit que ce n'est pas vous qui êtes allé le porter en face, cet avant-bras-là ? Vous ne faites rien de vos journées, vous avez tout le temps de découper des bras, des jambes.

Sous eux, pénétrés de leur chaleur, les sacs orange se sont affaissés. Leurs pieds touchent terre à présent. Ils ont l'air de deux vieux clowns comme ça, deux clowns enfarinés fatigués en bout de spectacle raté.

— Et qui me dit à moi, vocifère à son tour le vieux Maurice, que c'est pas vous, tout ça ? Et que c'est pas vous aussi, la vieille aux sacs pendue et la fifille disparue !

— C'est pire que ça, répète l'autre qui serre sa bouche mince et dont les longues mains soignées se sont mises à trembler.

— Maintenant je comprends pourquoi vous m'avez invité une fois et puis jamais plus. Vous aviez peur, voilà, vous aviez peur !

Henri, comme il lui arrive souvent, hausse les épaules. Il ne crie pas, préfère ajouter comme à voix basse :

— Tiens, les deux femmes qui reviennent.

Maurice se tourne lui aussi vers la fenêtre. Dans la rue de neige, Adrienne et Christine se rapprochent sous les faisceaux des lampadaires. Elles ont l'air de rire. Ou alors c'est ce qu'Henri et Maurice imaginent.

— Bon, dit Henri en se levant. Il faut que je rappelle à ma femme de sortir les poubelles.

— Et moi alors ? hurle Maurice. Qu'est-ce que je fais avec Gugusse ?

— Mettez-le dans un sac, qu'est-ce que vous voulez que je vous dise ! Dépêchez-vous, on annonce une tempête !

— Quand même, dit le vieux Maurice qui soigne son effet, c'est un lundi, le premier jour des poubelles, que Gugusse a disparu, et ta fifille aussi.

Le journal de la bête 4

Un jour, il a bien fallu que je parte pour de bon. Rien ne me retenait non plus, ni les goélandes et leurs yeux absents ni les odeurs qui n'avaient même plus rien de nauséabond ni les arrivées et les départs des bennes qui me frôlaient au passage sans jamais plus m'emmener. Ils vous diront que ça ne s'arrangeait pas, que j'avais déjà un dossier plutôt épais dans leurs institutions et que le plus inquiétant, c'est que je ne montrais aucun, mais alors vraiment aucun signe de collaboration. C'est que plus je grandissais, pire je devenais. D'enfant difficile, j'étais devenu un jeune en crise, fini les fausses familles, et dans la grande bâtisse où on m'avait fait échouer, j'avais déjà tâté des menottes et de la chambre d'isolement. Ils vous en diront des choses, eux qui disaient vouloir mon bien et ne comprenaient pas pourquoi je m'entêtais à être ailleurs.

Ce que je sais, moi, c'est que le Prince noir n'était jamais revenu pendant ces autres hivers et étés qui avaient coulé, assez nombreux en tout cas pour que je sache marcher maintenant parfaitement sur mes deux pattes de derrière, même si elles ne me servaient qu'à errer entre des tas d'ordures.

Je ne savais pas à ce moment-là ce que je sais aujourd'hui, que nous avançons et pataugeons tous dans les déchets de nos rêves.

J'ai choisi de partir du dépotoir à la nuit tombée, vous l'aurez deviné. Une nuit sans lune. La plus noire possible, bien entendu. Je me sentais extraordinairement léger. J'ai longé un fleuve puis traversé la grande plaine de l'Est de la ville, hérissée de poteaux électriques, d'immenses citernes et raffineries argentées et de très hautes cheminées cracheuses de feu. J'avançais, je voyais à peine mes mains devant moi, et encore moins mes pieds.

Et puis il y a eu les premières vraies rues et, avec les rues, les ruelles collées derrière. J'ai repensé à la ruelle où j'avais assommé le voleur de poubelles. Alors j'ai décidé de contourner les ruelles, de ne suivre que les grandes rues, celles qu'on appelle des artères. Je ne savais pas de quoi j'avais l'air à déambuler ainsi le nez au vent, le pas lourd et maladroit comme celui d'un vieillard. C'est comme ça que je suis entré dans ce qu'on appelle le centre-ville.

Elles n'étaient plus là, les fameuses lumières, il n'y avait plus que le froid. C'était un autre hiver et ce n'était pas Noël.

Alors, je me suis regardé comme ça en passant dans un reflet de vitrine de magasin. Et j'ai vu l'enfant grandi. Un garçon aux cheveux hirsutes et courts, perdu dans un méchant petit manteau et un tout aussi méchant pantalon, de méchantes bottes brûlantes sous la plante des pieds, que des régiments d'autres enfants grandis avaient dû porter avant moi. Alors, c'est normal, je me suis approché pour mieux voir et j'ai vu. J'ai vu, tout tourné autour de mon méchant petit cou, un foulard d'un beau rouge vif.

J'étais là, perdu dans ma découverte, quand il s'est fait un grand vacarme derrière moi. Il y avait un couple de géants dans mon dos, qui se reflétaient aussi dans la vitre où passaient des nuages de neige.

— Suis-nous, dit l'un.

— Allez, on sait que tu es en fugue, dit l'autre. On t'a reconnu à ton foulard rouge.

Une voiture nous attendait, grondait le long du trottoir.

J'ai pensé au vieux que j'avais tué dans la ruelle aux poubelles. C'était le seul souvenir que j'avais de cette ville-là. Mais eux, les géants, ne pensaient pas à ça. Ce n'était pas pour cette raison qu'ils m'emmenaient. Ils me poussaient en grognant vers leur voiture munie d'une lumière rouge, sur le toit, qui tournait. Je me suis assis à l'arrière et, une dernière fois, j'ai regardé la ville. Il n'y avait plus, comme je vous l'ai déjà dit, de ces lumières aux couleurs de Noël qui m'avaient retourné le cœur. Elles clignotaient, les lumières, cette nuit-là, mais elles étaient trop blanches, comment je pourrais dire, trop glacées, d'un argent qui fait froid à l'âme.

De l'autre côté de la rue, le Prince noir était enfin arrivé, en retard comme d'habitude. Sur le trottoir, il tanguait comme d'habitude, peut-être un peu plus mollement et, comme j'ai voulu le croire, tristement.

Mon couple de géants grognait de plus belle, à l'avant de la voiture. La voiture roulait. Derrière nous, le noir se refermait sur tout.

Là-bas, dans la grande plaine de ténèbres de l'Est, ils ont été bien obligés de m'accueillir une nouvelle fois. C'était leur rôle de centre d'accueil.

J'ai beaucoup pleuré ce soir-là dans le petit lit, sous la couverture rêche dans la chaleur sèche de ce centre-là. Un agent voulait me rencontrer le lendemain, il en avait assez de mes fugues, voulait me parler de projet de vie. Moi, j'ai repensé à mes mères goélandes qui me cherchaient peut-être enfin, piaillant, trottinant sur leurs pattes frêles, fouillant désespérément le dépotoir de leurs becs humides, et j'ai repensé à mon père le Prince noir qui, fatigué de m'attendre, flottant là, sur le trottoir, avait dû rentrer chez lui.

Le deuxième avant-bras

Comme toujours, quand une catastrophe s'annonce, on se tait, par peur ou parce qu'on n'a plus rien à dire.

En ce soir de jeudi, deuxième jour des poubelles, tout le monde estimait avoir trop parlé. Ils étaient revenus chacun chez soi, bien à soi. Tous les autres, policiers y compris, avaient quitté le bout de rue.

Henri le retraité avait été le premier à retourner chez lui. Avait vite fait bien fait renvoyé le vieux Maurice, s'était dépêché de faire tourner la clé dans la serrure de la pendue, avait vite monté l'escalier, ne voulait pas qu'Adrienne sache qu'il était allé avec l'autre vieux fou se jucher sur un sac-poubelle orange et remuer des os de chien.

Il avait repris sa place, le devant du corps face à l'école, le dos à Adrienne qui ne dit rien non plus, heureuse qu'il ne lui reproche pas une fois de plus d'être allée chez Rita.

Adrienne est là, postée derrière Henri. Le chat attendrait dans la cuisine, lui qui poussait son écuelle du museau. Adrienne avait décidé que ce soir, il attendrait.

Ils avaient l'air de deux figurants, utilités inutiles, sur une scène de théâtre, comme ça, tous les deux. Puis Henri dit, les épaules saillantes sous la veste de laine :

— Non mais, regarde-moi ça !

Et c'était vrai que c'était quelque chose. Toutes les lumières dans les fenêtres de l'école s'allumaient ensemble, s'éteignaient, se rallumaient pour mieux s'éteindre et rejaillir encore, ça donnait comme le mal de mer. Et ces scintillements-là, le couple fou de retraités les dévorait des yeux, la bouche grande ouverte. Et puis, d'un coup, l'illumination totale, tout le gros rectangle de l'école devenu bloc de lumière d'or.

— J'ai jamais vu ça. D'habitude, à cette heure-ci, c'est un océan de noirceur, balbutie Adrienne.

— Ça ne va pas durer, c'est sûr, répond le vieil Henri.

Et comme de raison, de nouveau le noir total.

— Oh ! non, fait Adrienne.

— Tu es stupide, il va rallumer, c'est sûr.

— Qui, il ?

Le dos hausse les épaules.

Et l'école est redevenue plaque incandescente.

Jack jurerait que, en face, ils ont les yeux collés sur leur vitre. Il a depuis longtemps distingué le duo d'ombres du couple de retraités à la fenêtre. Pour un peu, il inventerait celle de la vieille Jeanne, en bas, plaquée de tout son corps maigre à la fenêtre. Maurice aussi doit baver sur la vitre glacée et le jeune couple d'en haut aussi peut-être, qui sait.

Jack sait que Rita a dû déjà dire que la dame sur le téléviseur n'est pas sa mère. Ce n'est plus important maintenant qu'il a accompli ce qu'il avait à accomplir. Et c'est pour fêter ça qu'il tient à faire tout ce feu d'artifice. Jack est satisfait. Demain, il ira à l'hôpital et il aura fort à faire, demain, à l'hôpital. Demain, pas ce soir, parce qu'aujourd'hui, il avait quelque chose d'urgent à régler en douce, pas très loin, même pas loin du tout. Mais ça, c'est un secret. Encore quelques illuminations et il sera temps de mettre au chemin le sac qui attend bien sage, près de la porte de la cuisine, amoureusement rempli.

« Je vais vous dire, renifle au même moment le vieux Maurice au chien. Je suis là, d'accord, le groin contre cette espèce de baie glacée, mais je ne suis pas dupe parce que je vous le répète, j'ai eu toute une vie avant de débarquer dans cette histoire, une femme et des enfants là-bas où j'avais cru finir mon histoire à moi. Et ce soir, me voilà devant cette espèce de gros vaisseau en feu. Parce que je ne sais pas ce qui lui arrive à l'école, moi, de s'être enflammée de la sorte. Ce que je sais, c'est qu'ils sont sacrément en retard, les éboueurs. Non, je vais vous raconter, ils n'ont jamais été en retard comme ça. Tiens, je vois le grand Jack de l'autre côté, il doit avoir peur pour son sac, c'est sûr.

« Et puis l'autre jeune va descendre avec son petit sac, dit encore le vieux Maurice. Et je le vois déjà marchant et tenant à bout de bras le sac d'épicerie rondouillard dans le vent qui est en train de se lever parce qu'on a annoncé une tempête de neige, la plus terrible de l'hiver et des dix dernières années.

« J'ai peur, se dit aussi le vieux Maurice, et il s'écrase un peu plus contre le gel de la vitre qui s'incruste du dehors. Je m'ennuie de Gugusse, il fait froid tout ici. Je n'étais pas né pour finir dans cette espèce de noir-là. »

Et puis il lance tout haut :

— Je comprends pas que les poubelles soient si en retard, dix-neuf heures bientôt, du jamais vu.

Il attrape son manteau, oublie sa tuque et son gros foulard, sort et s'arrête, suffoqué, et tousse et tousse encore dans le vent qui lance du ciel et du sol une neige dure qui cingle l'âme et les os.

La première chose que voit Adrienne en sortant en trombe sur le palier du dehors, avec, comme d'habitude, à peine un manteau jeté sur les épaules et ses méchantes pantoufles aux pieds, c'est la porte grande ouverte de la cabane à Rita. Elle crie :

— Attention ! Rita, ta porte est ouverte ! Le chat va sortir ! Rocky, non, il ne faut pas qu'il sorte !

Elle voudrait courir jusqu'à la porte qui bat dans l'air mais le vieux Maurice est là dans la rue, qui vient de sortir lui aussi et qui la happe au passage, prend dans ses bras d'ancien guerrier au soleil d'Afrique ce gros coussin tremblotant.

— Vous avez vu le temps qu'il fait ? Rentrez donc chez vous !

— Pourquoi, pourquoi tout ça ? frissonne de plus belle Adrienne.

Le vieux Maurice ne répond pas, a soudain seulement envie d'enfouir sa peine dans cette chaleur en gibelotte plaquée contre lui. Autour d'eux, la formidable tempête s'installe, s'empare du bout de rue, mugit son vent et ses neiges qui aveuglent. Ils n'ont pas d'autre choix que de rester collés l'un contre l'autre.

— Je comprends pas, ils devraient être là, dit le vieux Maurice, et il montre ses sacs-poubelles qui attendent là, qui claquent au vent comme de vulgaires sacs d'épicerie.

— J'ai peur, dit Adrienne, et lui, il a voulu sortir, pour aller où, je vous le demande !

Et elle montre la fenêtre du côté droit dans laquelle ne se découpe plus l'ombre du retraité Henri.

— Oui, je l'ai vu sortir en courant, grogne Maurice. Il doit être posté comme d'habitude devant l'entrée de l'école, de l'autre côté du trottoir, ton mari, allez, va donc le rejoindre…

— Il faut que je vous raconte, faut que je vous dise…

Elle aurait tellement aimé le dire au vieux Maurice, peut-être qu'il l'aurait écoutée, lui, mais le vieux Maurice l'a tout à coup repoussée de ses deux bras et court vers le feu rouge, vers l'entrée de l'école. Et Adrienne le suit, les bras plongés en avant, les yeux ouverts dans la tempête, s'enfonçant à chaque pas dans la neige qui ne cingle plus à présent mais colle et s'attarde aux jointures, partout où elle peut s'imaginer faire un nid et continuer d'exister.

Les voilà tous de nouveau réunis autour des poubelles de l'école, disposés comme des pions entre le feu rouge et le trottoir d'ici et d'en face. Et ils ne comprennent pas l'incroyable retard.

— Et Rita qui a sa porte ouverte ! crie Adrienne.

À présent, ils ne voient plus rien et ne savent plus ce qu'ils devraient voir, gelés dans la neige qui redouble d'effort, tantôt grasse et silencieuse, tantôt légère et dure ou bruyante comme de grands seaux d'eau tombant à plat sur des bidons de métal.

Adrienne, fichée au coin, n'ose pas trop s'approcher. Pas très loin, même assez près sur le même trottoir, Jack est survenu devant l'entrée de l'école comme un géant qu'il est, devant les sacs serrés frileusement les uns contre les autres, qui, la neige aidant, ne sont plus qu'un énorme étalage de dos d'âne crémeux. Le sac dodu de Jack est là, à part bien entendu. Il ne va pas bien non plus, le sac dodu de Jack. C'est que lui non plus n'est pas tellement habitué. Lui non plus peut-être ne comprend pas un tel retard.

Sur l'autre trottoir, de l'autre côté de la rue, le vieux Maurice et Henri le retraité, à quelques pas l'un de l'autre. Ils paraissent s'ignorer, les deux vieux fous. Eux non plus ne sont pas habitués à un tel retard. Et puis ils ne sont pas non plus assez habillés. Sortis trop en trombe. Surtout Henri le retraité, il a dévalé les escaliers, une méchante laine sur le dos, pour se retrouver là, les bottes pas fermées dans la glace, les mains qui gigotent dans la tempête. Il en veut surtout à Adrienne, il la voit qui arrive et c'est comme s'il la voyait pour la première fois. Il crie :

— Je suis sûr que tu as oublié les poubelles ! Tu es partie sans sortir les poubelles ! C'est pourtant à toi de faire ça ! Alors c'est moi qui devrai le faire, je dois tout faire, moi !

Et elle, essoufflée, de l'autre côté du trottoir :

— Ça fait belle lurette que je les ai sorties, tes pou-belles ! Et maintenant, qui va les ramasser ? Ils sont en retard, ils n'ont jamais été aussi en retard !

Il ne manquait que le jeune couple qui s'amène avec sa nonchalance habituelle et avec, c'était à prévoir, le petit sac d'épicerie. Les deux jeunes s'immobilisent à l'angle, comme d'habitude, dans les soubresauts du feu rouge. Christian devant, chapeauté botté, Christine la niaiseuse derrière, elle aussi a pris le temps de s'habiller, elle sait que rien ne presse, il n'y a que les vieux pour s'énerver et grelotter.

Il ne manque à présent que Rita la malade de l'écu-reuil gris. Mais personne ne l'attend.

Maurice et Henri ont traversé la rue, ils sont tous à présent sur le même trottoir, celui de l'école, comme si, d'instinct, ils avaient compris qu'ils avaient intérêt à res-serrer les rangs.

— Il faudrait peut-être téléphoner à la Ville…

C'est Henri qui a dit ça en regardant sa montre, même s'il n'y voit goutte.

— Jamais vu ça depuis toutes ces années que j'ha-bite le quartier, dit le vieux Maurice.

Et le vent se lève encore plus fort. L'énorme dos d'âne des sacs gémit puis claque.

— J'ai froid, dit la petite voix d'Adrienne.

— Mais qu'est-ce qu'ils attendent tous ? dit le jeune Christian qui ne comprend rien à rien.

Christine hausse les épaules, les yeux rieurs.

— Des maudits fous, je t'ai dit.

— C'est insupportable, décrète Henri en s'entêtant à regarder sa montre.

Un grand vent souffle dans la tête de Jack.

Les arbres se tordent de douleur. L'école est redevenue on dirait à jamais un gros rectangle noir. Le feu rouge poursuit sa danse en tic-tac et par-dessus la neige trace ses zigzags, cingle, force les paupières à se fermer.

— On ne va pas rester comme ça toute la nuit, répète pour la troisième fois le fou de retraité Henri. Si ça continue, on n'arrivera même plus à marcher jusqu'à la maison, et puis il faut téléphoner !

— Où et à qui ? Peut-être que le téléphone ne fonctionne plus ! On rapporte des pannes partout en ville… paraît que c'est la plus grosse tempête depuis 1971, moi, je ne sais pas, j'étais même pas né…

C'est le jeune Christian qui dit ça, lui qui a écouté la télé avant de descendre et croit encore qu'il n'y a rien là, et il ne comprend pas pourquoi les autres le regardent avec cet air féroce.

Et puis ils se taisent tous, yeux fermés, bouches béantes, dans le vacarme et le souffle qui les suffoquent.

Alors, elle arrive, la machine. Sans lumières, dans l'anonymat le plus total, l'ombre la plus décevante du monde, elle arrive. Et elle s'arrête et elle fait sa besogne.

Ils se sont tous approchés, essaient de voir à travers la toile mouvante des flocons. Ils ont hâte de voir, de savoir, c'est vrai, ça fait tellement longtemps qu'ils attendent, dans leur bout de rue, juchés comme de hauts oiseaux des neiges sur leur bout de trottoir.

Les hommes poubelles ont fait leur ouvrage, jeté les sacs l'un après l'autre, l'un sur l'autre, puis ont sauté sur les marchepieds, se sont perdus dans les ténèbres blanches.

On dirait que le vent qui semblait s'être calmé renaît de ses cendres, replaque de plus belle son air de mort. Ils s'approchent tous comme d'instinct de l'endroit où se tenait la benne, là où les hommes en combinaison de couleurs faisaient jaillir les sacs jusque dans le ventre de la bête. Le vieux Maurice est le premier à le voir.

— Regardez, un autre avant-bras !

— Pas un autre, vous voulez dire l'autre avant-bras, rectifie Henri le retraité.

— Et puis après, ça va être le bras et puis la cuisse, la jambe, les pieds... C'est pas possible ! pleurniche Adrienne.

Et puis, tout d'un coup, elle crie parce qu'elle vient de se retourner vers le duplex, elle crie et elle n'a jamais eu aussi peur de sa vie :

— Regardez ! Ils ne sont pas passés devant la maison, nos sacs à nous sont toujours là ! Ils n'ont pas le droit de nous laisser avec nos ordures ! Ils ne passeront plus ! Il fait trop froid, la neige fait comme des murs autour de nous ! On va rester prisonniers avec nos sacs d'ordures !

Ils en laissent tous l'avant-bras au bord du trottoir, posé là, blanc-vert jusqu'aux doigts, s'en retournent vers leur maison, vers leurs deux portes. Même Jack les suit, d'abord de trois pas, puis recule, il parle tout seul.

Les autres se sont avancés jusqu'aux sacs qu'on devine alignés sous l'amas de neige qui recouvre tout. Puis ils montent l'escalier commun du dehors, à la queue leu leu, les jambes enfoncées dans les glaces.

Les portes se referment. Celle de chez Rita continue de battre seule, bêtement. Demain matin, quand on découvrira son corps, on s'étonnera qu'elle ait décidé de porter des lunettes de soleil pour se pendre à un crochet du plafond du salon. Pour le moment, dans le noir de la nuit qui n'a pas fini de peser sur ce bout de rue, il n'y a que le chat Rocky qui a tout vu et qui fait les cent pas devant la porte en miaulant avec énergie dans la tempête.

Aux jours derniers

L'histoire du chat Rocky

Le jour n'est pas encore levé et les deux femmes ne sont pas si sûres qu'il se lèvera. Elles sont debout l'une à côté de l'autre dans le salon d'Adrienne. Henri n'est pas parti pour sa promenade quotidienne, et c'est pourtant le matin. Le vieil Henri dort, les joues grises enfouies dans l'oreiller. Il n'est pas loin, dans la chambre à coucher. Pour un peu, elles entendraient son souffle.

Adrienne dit, les deux mains collées sur la vitre :

— Le spectacle peut maintenant commencer, c'est ce qu'elle prédisait, mademoiselle Rita, le grand malheur qui devait arriver. C'est de ça qu'elle voulait parler ?

— Peut-être.

Elle est rêveuse, Christine, elle fait la moue et un drôle de pli ride son petit visage têtu.

Elles regardent toutes les deux, comme imprimées sur le verre, le rideau blanc qui continue de couler d'un seul jet, semble se ramasser au sol pour mieux se relever et crouler, toujours plus lourd.

— On ne pourrait même plus traverser la rue vu qu'il n'y a plus de rue, murmure pour elle-même Christine décidément désarçonnée.

— Moi, c'est surtout les murs de neige de tous les côtés qui viennent tout boucher qui me font peur. Regardez-moi ça, on dirait qu'ils ont poussé pendant la nuit. On ne peut même plus sortir à gauche ni à droite, nulle part, on se croirait... dans un château fort et...

— En tout cas, l'interrompt Christine la niaiseuse, il y en a un qui ne peut plus regarder par la fenêtre. Il a beau essayer, regardez-le donc en face... On ne voit que le bout de son nez, au grand Jack. C'est pas possible, il a dû monter sur un escabeau pour essayer de voir quelque chose ! Et il ne voit rien quand même !

— Le vieux Maurice non plus ! pouffe Adrienne.

Elles rient de bon cœur toutes les deux.

— Chut ! murmure Adrienne en mettant un doigt sur sa bouche, et ses yeux vides ont du mal quand même à ne pas rire.

— Chut ! dit-elle de sa petite voix qui fait des vibratos. Ils dorment tous !

— Même Rita ?

Et ce disant, Christine se recolle à la fenêtre, lance un coup de tête vers la porte de Rita, en face à droite, ouverte sur une énorme boule de neige qu'on imagine dure, gelée en son centre.

— Son chat n'est plus là, observe Christine. Il miaulait pourtant comme un malade hier soir encore, quand on est rentrés.

— C'est vrai qu'elle doit avoir froid, Mademoiselle Rita. Oublier de fermer sa porte quand il y a une tempête pareille. Je me demande des fois si elle a toute sa tête.

Et elles ricanent de nouveau comme de toutes petites filles. Et puis Christine la niaiseuse, entre deux éclats de rire clair :

— En tout cas, Christian, il est content, pas besoin d'aller travailler. Il s'est recouché tout de suite quand il a vu qu'on peut à peine pousser la porte.

— C'est vrai qu'on peut à peine pousser la porte. Qu'est-ce qu'on va devenir ?

— En tout cas, lui, Christian, il espère bien que ça va durer.

— Mais vous ne comprenez pas que c'est la mort !

C'est Adrienne qui ne joue plus, qui a affirmé ça. Et elle continue :

— Déjà, regardez, plus personne ne vient. Et Henri, il ne pourra plus faire ses promenades. C'est vrai qu'il allait de moins en moins loin mais tout de même... J'ai peur.

— On dirait que vous passez votre temps à avoir peur.

— Comme vous dites les choses, vous !

Et Adrienne se décolle de la vitre. Un gros frisson la parcourt comme chaque fois qu'on lui fait mal dans la vie, et puis elle murmure à voix basse, sans rancune :

— Vous voulez du café ? J'ai un réchaud à gaz.

— Chut, il faut pas faire de bruit !

Adrienne n'a plus envie de rire. Elle regarde bien en face les yeux rieurs de la niaiseuse.

— Vous ne vous rendez pas compte, on ne pourra même plus aller à l'épicerie. Parce que pour escalader ces murs de neige qui se sont construits autour de nous, il faudrait être une armée. Et puis, il n'y a plus d'électricité, plus de chauffage, on va mourir de froid et de faim !

Elles se taisent toutes les deux finalement, lapant leur café. Et Adrienne dit :

— Je vais vous raconter l'histoire de Rocky. Je l'ai sue par Mademoiselle Rita, je voulais toujours qu'elle me la raconte et me la raconte encore. C'est une histoire formidable.

— Aaah… soupire la Christine qui se résigne à un autre conte à dormir debout.

— Alors, voilà, commence Adrienne en se passant une langue gourmande sur les lèvres, le chat Rocky est né… Je vous le donne en mille !

Adrienne éclate de rire tout à coup et rit encore et son rire secoue son ventre et ses joues.

Alors, la jeune Christine, tranquillement :

— Dans une poubelle.

— Comment vous l'avez deviné ?

Christine hausse les épaules.

— C'était facile, il n'y a que des vieux fous et des poubelles dans ce bout de rue.

Adrienne fait semblant de n'avoir rien entendu. Elle reprend, baisse encore le ton, et en même temps elle est tout essoufflée tant elle a envie de raconter jusqu'au bout pour une fois.

— Moi, ce que j'en sais, bien sûr, c'est ce que Mademoiselle Rita a dit. Elle donnait seulement des bribes par-ci, par-là et moi, je lui demandais : « Racontez-moi l'histoire de Rocky. » Alors, elle y allait d'un mot ou deux, et c'est comme ça que j'ai tout reconstitué.

Adrienne avale une gorgée de café, ses yeux se sont faits tout petits et pétillent de plus belle.

— Donc, Rocky a été trouvé dans une poubelle. Et quand il a été trouvé, il était tout petit, tout maigre et très sale, enfin vraiment laid, vous comprenez ?

— Oui.

Christine n'aime ni les chats ni les chiens.

— Et c'est qui qui l'a trouvé dans la poubelle ?

— Rita.

Décidément, la niaiseuse a le tour de lui couper ses effets.

— C'est exact. Alors, Mademoiselle Rita l'a pris et l'a caressé sous le menton. Là, il m'en manque un bout. Je sais comment Rocky est arrivé dans la poubelle, je vous conterai ça un autre jour, mais je ne pourrais pas vous raconter comment ça s'est passé au début chez Rita parce que je ne sais pas s'il y avait déjà autant de poubelles à l'époque.

Adrienne risque un coup d'œil apeuré vers la porte en face à droite, emplie de neige dure.

— Je ne sais pas si elle pourra me le dire un jour.

Et elle soupire. L'autre s'impatiente.

— Et puis ?

— Et puis voilà.

— Comment ça, voilà ?

— Eh bien, Mademoiselle Rita a ramené le chat Rocky chez elle, comme je vous le disais, je n'ai pas beaucoup de détails. Quand ça s'est passé, je ne sais pas. Ce que je sais, c'est que quand elle est arrivée dans le quartier, elle n'avait pas de chat. J'aurais remarqué. Et puis ce serait difficile de lui donner un âge, à Rocky, il est tellement petit et maigre, ce chat-là !

— Et puis ?

— Et puis Rocky a vécu avec les sacs-poubelles de Mademoiselle Rita, tout heureux puisqu'il était né lui-même dans une poubelle. Vous comprenez ? Mais ce n'est pas tout, le plus étrange, c'est que, figurez-vous…

Christine soupire, et puis elle sursaute. Henri est debout dans l'encadrement de la porte. Il paraît avoir cent ans.

— C'est pas juste, on ne me laisse jamais aller au bout de mes histoires, gémit Adrienne.

Elle s'est levée et s'en va renifler, les joues plaquées sur la fenêtre et la tempête.

— Et puis, ce serait quoi, la fin ? lance Christine qui en a plus qu'assez. Il finira là où il est né, dans une poubelle, votre Rocky ! D'abord, tous les chats du monde finissent dans une poubelle !

On entend un raclement de pelle au dehors. C'est la haute stature noire de Jack le concierge qui a réussi à dégager un étroit passage devant l'école.

Prisonniers du bout de rue

La nuit est tombée. Toute la journée de ce vendredi-là, ils ont creusé des tranchées pour traverser au moins la rue. Vers midi, ils ont découvert le corps de Rita, pendue chez elle, avec ses lunettes de soleil sur le nez. Ils l'ont décrochée et allongée sur le divan, et puis ils sont redescendus et ont encore pelleté assez longtemps pour pouvoir refermer la porte qui donne sur la rue.

Maintenant, ils sont tous réunis chez le vieux Maurice. Ils ont froid.

— Vous savez pourquoi, vous, les lunettes de soleil ?

— Vous ne comprendriez pas, dit Adrienne.

Dans l'ordre, il y a, de gauche à droite, le vieux Maurice sur une chaise et le couple de retraités sur deux autres chaises, en rang tous les trois devant la fenêtre, comme de raison. Ils n'ont pas quitté leurs manteaux et ont l'air de dormir sous leurs couvertures. Le couple de jeunes est debout, un peu en retrait, il dit n'avoir pas froid. Et il y a Jack le concierge, dressé, comme immense sur le seuil de la pièce, et il n'osera jamais aller plus loin.

— Jamais vu une tempête pareille, dit le vieux Maurice. Et puis avec la chaussée qui s'est affaissée, personne ne passe plus, c'est sûr, plus personne, plus d'enfants.

Plus de téléphone, plus de télé, il y a la radio mais on n'aura bientôt plus de piles et, de toute façon, on ne parle même pas de nous.

— Ne vous inquiétez pas, rétorque Henri le retraité et, ce disant, il se raidit sur sa chaise, cette situation ne durera pas.

— Qu'est-ce que vous en savez ? grogne le vieux Maurice, ses paumes posées à plat sur ses genoux. Si je vous racontais qu'en Algérie, on s'est fait assiéger par les fellaghas soixante jours, vous vous rendez compte, soixante jours !

— Moi, c'est ces montagnes de neige de tous les côtés du bout de rue, on est comme prisonniers, ça me fait peur, dit Adrienne.

— C'est vrai qu'on ne pourrait pas les escalader, ces murs-là !

Et le vieux Maurice se redresse tandis que Christine glousse doucement derrière son dos. Ce sera Christian qui tranchera, heureux de rabattre le caquet du vieux.

— Qu'est-ce que vous croyez ? Pourquoi se fatiguer, ils viendront bientôt nous chercher. On n'est pas en Afrique, ici !

— En tout cas, une chose est sûre, on se laissera pas enterrer par les poubelles.

— Si au moins il ne neigeait plus !

— Quelle idée de se pendre un soir de grosse tempête !

— Et ses poubelles à elle, qu'est-ce qu'on va en faire ? On a assez des nôtres !

— Le camion, il passera peut-être même pas lundi prochain !

— C'est bien pourquoi il faut faire le moins de poubelles possible !

Ils sont tous là, alignés, ombres qui tour à tour clament et murmurent. Le froid à l'intérieur commence à se faire plus intense. Derrière eux, dans la cuisine du vieux Maurice, un glaçon se forme doucement autour du robinet, les rares plantes gémissent, le couple de jeunes a évoqué d'une seule voix une certaine tempête de verglas, qu'on leur pardonne s'ils n'en ont pas beaucoup de souvenirs, c'est qu'ils étaient tout juste sortis de l'adolescence à ce moment-là, et le vieux Maurice et les retraités ont écouté et regardé le couple de jeunes avec un profond mépris.

Et puis soudain Christine qui serine, d'un ton détaché :

— Tiens, on dirait votre Nicky qui passe, là, dehors…

— Gros comme il est, il ferait pas trois pas sans s'enfoncer jusqu'au cou dans la neige, ricane le vieux Maurice.

— Nicky !

Le cœur d'Adrienne bat très vite et très fort.

— Il faudrait aller pelleter quelques autres petits chemins avant qu'il fasse vraiment noir, dit Henri le retraité, et il se lève.

Adrienne est déjà sortie. Elle halète et sa petite voix plus insupportable que jamais crie et recrie :

— Qui avait laissé la porte ouverte ? Nicky ! Mon Nicky !

La nuit s'est maintenant installée pour de bon. Ils ont creusé un peu plus. Au dehors, la neige ne tombe plus. Les parois de leur bunker luisent sous la lune fine comme des lames de rasoir.

L'électricité n'est pas revenue. Des volutes de buée sortent des bouches. Le glaçon va bientôt achever de se former et les plantes ont perdu la parole. Le vieux Maurice a allumé des bougies dans le salon qui décuplent les ombres et semblent amplifier les voix dans l'air froid et acide.

— On n'a plus de radio, les piles sont mortes, on ne peut même plus vérifier qu'on ne parle toujours pas de nous à la radio.

— Pourtant, d'autres doivent être pris comme nous.

— C'est fort probable.

Ils sont trois qui viennent de prendre la parole, respectivement Adrienne, Maurice et Henri. Les jeunes ont décidé de se coucher tôt. Trop fatigués. Et puis ils s'en moquent bien, du froid. Ils iront se réfugier sous leurs couvertures. Ils parlent déjà de déménager.

— Pas fait grand-chose, le jeune, dit le vieux Maurice. Pas trop vigoureux sur le coup de pelle.

— Comme tous les jeunes, dit Henri le retraité.

Jack ne s'est pas assis. Comme tout à l'heure, il reste sur le seuil de la pièce, et comme ça, dans le noir où il oscille en silence, il a l'air encore plus grand.

— Au moins on a réussi à mettre le deuxième avant-bras dans les poubelles de l'autre folle, dit le vieux Maurice. Quand ils viendront la chercher, la Rita, ils emporteront tous ses sacs sans rien fouiller, et nous, on en parlera jamais, on dira rien à la police, on aurait déjà dû se fermer la gueule pour le premier avant-bras, rien leur dire… Parce que qu'est-ce qu'elle fait pour nous, la police, hein ?

Ils se taisent. Ils sont épuisés. Ils ont dû creuser comme des fous et tous ont dans les yeux les hauts murs qui les enserrent.

— Ils s'en foutent bien de nous ! reprend le vieux Maurice de sa voix chevrotante. Et les ramasseurs de poubelles, eux aussi ils s'en foutent, et les enfants, qu'est-ce qu'ils peuvent s'en foutre, les enfants ! Jusqu'aux voleurs de poubelles qui s'en foutent, ils sont allés voir ailleurs et voilà, et les enfants, ils ne reviendront peut-être jamais !

— Je l'espère bien, dit Henri le retraité, qui parle en regardant par terre et dont les joues n'ont jamais été aussi grises. Tout ça, depuis le début, c'est la faute des enfants.

— Maman, il faut que j'aille voir maman.

La voix sourde, bizarrement vibrante de Jack.

Henri le retraité et le vieux Maurice au chien haussent les épaules. Adrienne, elle, ne veut pas penser que Nicky n'est toujours pas revenu à la maison. Alors, elle se met à crier comme on a pris l'habitude de l'entendre. Elle dit qu'elle veut tout conter, qu'elle a des choses importantes à dire, que cette fois, on devra l'écouter jusqu'au bout.

— Maman, il faut que j'aille voir maman, dit Jack en se mettant à tanguer encore plus fort sur le seuil, ses gros yeux noirs rivés sur les trois autres, assis là sous leurs couvertures dans les lueurs de chandelles comme s'ils veillaient un mort.

Le journal de la bête 5

Puis ce fut l'époque blanche. J'avais non seulement grandi, j'étais même devenu très grand.

Ils m'avaient dit qu'on souhaitait m'éviter les allers-retours entre les centres et les stages à redresser, que j'étais vraiment assez grand maintenant, que je devais me choisir un projet de vie. On en avait rajouté, encore une fois on voulait mon bien.

Moi, ce que je sais, c'est que je m'enfonçais dans la blancheur, attendez, je veux qu'on me comprenne bien, pas du vrai blanc, plutôt dans une blancheur brumeuse, perpétuellement mouvante de fantômes flous, où je ne distinguais proprement plus rien.

Fini et bien fini, le noir, le noir que j'aimais de la nuit. Tout était devenu de cette pâleur qu'on associe à la mort lente.

J'étais donc grandi. On essayait de me montrer des métiers. Il paraît que je m'assagissais. Je me souviens de choses qu'on me disait de faire, de responsabilités, comme on disait, qu'on me confiait et que j'acceptais, la tête et le cœur ailleurs. Il paraît que j'étais devenu plus calme. J'étais simplement absent.

Moi, ce que je sais, c'est que mon seul bonheur était de marcher. Je pouvais marcher toute une nuit à l'époque. Peut-être à la recherche des fameuses lumières, mais il n'y avait plus rien que ce gris qui n'était jamais plus noir, que ces fausses couleurs maintenant fondues dans une palette sans plus d'éclat.

Et puis, une nuit, par hasard, je l'ai vu. Enfin, ça ne devait pas être lui puisque je l'avais tué. C'était sans doute un autre voleur de poubelles qui lui ressemblait comme un frère. Les mêmes gestes à fourrager sauvagement dans les hauts contenants, autrement dit à s'acharner à fouiller dans nos entrailles, à nous, les petits d'ordures, pour violer nos secrets, nous déposséder, pour faire place nette, nous ligoter, nous empêcher d'avoir la bougeotte, tout ça, comme les autres disaient, pour notre bien.

Je me suis avancé dans la ruelle. Et voilà que j'avais le même tuyau bien dur dans les mains. J'ai frappé, encore et encore. Je crois, ce faisant, avoir crié, moi qui parle si peu. C'est que je venais de vivre la même exaltation, le même plaisir ivre que la première fois. C'est que j'étais vraiment devenu une bête.

Je suis reparti par les rues. Il me semblait que j'étais redevenu petit, juste au sortir de l'enfance, comme à ma fameuse fugue, vous savez quand je m'étais vu dans une vitrine avec mon foulard rouge. J'ai marché comme ça assez longtemps et puis je suis revenu dans l'arrière-rue couper un bon morceau de bras avant la fin de la nuit. Parce que le corps était toujours là, où et comme je l'avais laissé. J'avais une hache dans les mains. Un coup sec. Et puis j'ai mis le morceau dans un sac-poubelle. Moi, l'enfant, j'étais si fort, si prévoyant. Si bien outillé.

Ils vous diront que j'étais tout simplement devenu une bête qui aime tuer et couper la chair en morceaux et qui allait continuer de tuer et de dépecer, que c'était aussi simple que ça, que c'était finalement normal après le mauvais départ dans la vie que j'avais connu et que je n'avais pas à inventer toutes ces histoires. Ils vous diront que le pli était pris

Moi, ce que je sais, c'est que je suis parti ce soir-là, mon sac sur l'épaule, vers le dépotoir. J'ai longtemps marché. L'aube se levait, plus grise que toutes les aubes du monde. À un certain moment, je me suis retourné, j'ai cru encore voir mon père le Prince noir. Il était accroché à l'arrière d'un camion de poubelles qui roulait dans l'air sale bleuté de la ville, avec son visage en chiffons et sa cape au vent. J'ai continué de marcher. Quand je suis arrivé au dépotoir, j'ai déposé le sac.

Une maman goélande s'est approchée. Elle s'est amenée comme ça, en dandinant, m'a regardé de son œil comme unique. J'ai ouvert le sac et j'ai dit :

— C'est pour toi, maman.

Alors, d'un coup, elle s'est envolée comme ne s'est jamais envolée une goélande. De ses ailes déployées, comme agrandies dans le ciel, elle tournait autour de moi, à chaque battement m'étourdissait de son vacarme, me piquait les joues de ses baisers. Et moi, le déchet petit d'homme, j'ai dit :

— Adieu, maman goélande.

J'ai repris le chemin de la ville. J'étais de nouveau grand et je pesais des tonnes.

Prisonniers du bout de rue (suite)

Cette fois, Adrienne est bien décidée à tout raconter, jusqu'au bout. Ils sont toujours chez le vieux Maurice au chien. C'est devenu en quelque sorte leur quartier général. Le noir tremblote autour des flammes jaunes des chandelles. Les jeunes ne sont pas redescendus. Et les autres sont trop épuisés par la fatigue et le froid pour empêcher Adrienne de parler à tue-tête de sa petite voix décidément de plus en plus insupportable.

Henri voudrait bien empêcher tout ça. Il a dit et répété pourtant qu'il ne voulait pas rester là, préférait monter, rester seul dans son chez-lui, dans son fauteuil face à la fenêtre, il n'a jamais pu. S'il avait résisté, Adrienne l'aurait forcé à redescendre se casser les os dans l'escalier.

Il y a aussi le grand Jack, toujours sur le seuil du salon.

— Au moins, vous l'avez décrochée, Rita ? questionne Adrienne.

Adrienne n'intéresse personne. Ils ne répondent pas, ne vont quand même pas lui répéter pour la dixième fois comment ils l'ont laissée là, sur le divan, et même remis les lunettes sur son nez. Et pelleté par-dessus le marché pour pouvoir fermer la porte.

— Et Rocky ? Vous n'avez pas vu Rocky ?

Silence. Et puis Henri dit :

— Moi, je pense aux voleurs de poubelles.

Et le vieux Maurice :

— Ça fait un moment qu'on les a plus vus par ici. Ils doivent faire leur tour dans un autre bout de rue, ou ils sont peut-être morts quelque part. Je parie qu'ils étaient à l'ouvrage quand la tempête a commencé.

— Remarquez que s'ils me volaient un sac ou deux, je ne m'en plaindrais pas, vu les circonstances. En tout cas, moi, je suis content d'avoir pu rentrer à temps mon bac vert.

Henri s'interrompt et son regard s'allume. Puis il murmure et il a l'air vraiment ému :

— Vous savez, c'est plus fort que moi, je m'en fais toujours un peu pour mes poubelles.

Le vieux Maurice acquiesce, Jack ne dit rien. Adrienne dit et son souffle menace d'éteindre les chandelles tant il a l'odeur forte du malheur :

— En attendant qu'on nous abatte ces murs-là, je vais vous raconter et, cette fois-ci, je veux qu'on m'écoute jusqu'au bout.

— Quoi encore, dit Henri le retraité. Des histoires à dormir debout !

Et ses mains fines aux ongles soignés passent et repassent sur les accoudoirs gras du fauteuil en bois sombre qui appartient au vieux Maurice. Adrienne est debout, dressée contre le rideau noir du dehors. Elle tonitrue le titre de sa première histoire.

La véritable histoire
du chat Rocky
et de Gugusse le caniche

— Vous ne le savez peut-être pas, vous, que Rocky a été trouvé dans une poubelle par Mademoiselle Rita. Mais avant d'être trouvé dans cette poubelle-là, Rocky avait déjà eu toute une vie et ça, je ne l'avais encore jamais conté à personne.

— C'est ça, qu'est-ce que je vous avais dit, des histoires de chat à dormir debout ! dit Henri qu'on sent soulagé.

La masse de Jack le concierge continue de tanguer sur le seuil.

Le froid est devenu comme lourd, fait peser sa masse aigre sur tout, les murs, les meubles et les êtres, sur le feu jaune et bleu des chandelles.

Le vieux Maurice pense à Gugusse.

Adrienne s'est rassise entre les deux hommes toujours sous leurs couvertures. On dirait qu'il n'y a que sa petite voix qui bouge.

— Donc, il faut vous dire que si Rocky a été trouvé dans une poubelle, il est né aussi dans une poubelle, mais pas le même jour. Et pas dans la même poubelle.

Les deux vieux semblent somnoler, le menton dans les joues, une drôle de buée violette sort des bouches et des narines. Au moins, se dit Adrienne, la jeune Christine n'est pas là pour lui couper ses effets.

— Alors, reprend Adrienne d'un ton gourmand, qui a trouvé la première fois Rocky dans une poubelle puisqu'il a été trouvé deux fois dans deux poubelles différentes et que je parle de la première poubelle ? Vous ne devinerez jamais ! C'est la vieille Jeanne aux sacs orange !

Là, elle a son effet. Elle prend son temps, savoure les respirations des trois hommes dans la pièce.

— Vous savez comme j'étais toujours là à l'épier, la vieille Jeanne. Ce jour-là, je l'ai vue, par la fenêtre, qui remontait comme d'habitude les premières marches d'en avant, après tous ses tourniquets de sacs dans l'air. Et puis tout à coup, je l'ai vue qui redescendait les marches. Il y avait là, devant la maison, une poubelle en plastique dur que je n'avais jamais vue et que je n'ai jamais revue depuis. Et dans la poubelle, il y avait un petit chat, on aurait dit qu'il venait de naître tellement il était petit. Alors la vieille a vite pris le chaton dans ses mains et est vite rentrée avec.

— Et alors, qui veux-tu que ça intéresse ? lâche Henri.

— Alors, moi, vous comprenez, j'aurais voulu avoir des nouvelles de ce petit chat-là, je demandais toujours à Henri d'essayer de voir quelque chose dans l'appartement de la vieille quand il allait chercher le loyer, il ne l'a jamais fait.

C'est à Maurice qu'Adrienne s'adresse et c'est Henri qui ricane.

— Et puis, reprend Adrienne, tout à coup comme essoufflée, je dirais que ça se passait l'hiver dernier, quand je suis allée pour la première fois chez Mademoiselle Rita, j'étais chez elle comme ça, et qui je vois ? Le même petit chat gris que la vieille avait volé, le chat Rocky. Il avait grandi, mais je l'ai reconnu. Et là, Mademoiselle Rita m'explique qu'elle a trouvé le Rocky dans une poubelle devant chez elle, dans une poubelle en plastique dur qu'elle n'avait jamais vue et qu'elle ne devait plus revoir. Alors, moi, peu à peu, j'ai tout reconstitué. Le chat, fatigué de la vieille, et on le comprend, avait traversé la rue, s'était rallongé dans la première poubelle venue, celle d'en face. Et il a été bien plus heureux avec Mademoiselle Rita. Seulement voilà, la vieille, elle, elle s'est retrouvée seule comme une maman sans enfant, elle s'était habituée, toute sorcière qu'elle était, au chaton et c'est pour ça.

— Pour ça quoi ?

Les deux vieux avancent le cou en même temps.

— Qu'elle s'est pendue !

Silence. Et Adrienne reprend, en forme comme jamais :

— Eh oui, elle s'est retrouvée comme une maman qui a perdu son enfant, ou un père, sa fille !

— De toute façon, tout cela n'a aucun intérêt, dit Henri qui ne veut plus rien entendre.

— C'est comme ça que ça s'est passé, poursuit Adrienne qui hausse de plus en plus le ton. La vieille, elle n'a jamais pu se faire une raison. Elle errait dans ses pièces, s'ennuyait du chaton, ne jetait plus ses sacs orange avec la même énergie, j'ai remarqué tout ça, moi. Elle appelait dans son cœur à voix basse : « Rocky, Rocky, Rocky… » Et c'est pour ça.

— Quoi, pour ça ? Quoi encore ?

— Eh bien, c'est pour ça qu'un jour, elle est montée sur des sacs-poubelles orange empilés les uns sur les autres et qu'elle s'est pendue. Mais avant, elle a décidé de se venger contre ce monde qui la faisait souffrir et qui lui avait pris son petit Rocky. Au printemps dernier, juste avant de se pendre, elle a attiré chez elle Gugusse le caniche. Elle a profité d'une seconde où Gugusse était tout seul, sur le balcon d'en avant. Elle a entrouvert sa porte et elle a dit tout bas comme ça : « Viens, viens mon Gugusse, viens voir la vieille Jeanne. » Ç'a été rapide. Il fallait agir vite aussi avant que Gugusse aboie, et Dieu sait combien il jappait, il jappait tout le temps. Mais la vieille avait tout prévu. La pâtée était prête, bien assaisonnée de poison. Et puis, perchée sur un sac-poubelle, la vieille Jeanne l'a regardé agoniser, le petit Gugusse, doucement, doucement…

Le vieux Maurice pleure, les joues à plat dans ses mains.

— Et puis, elle l'a mis dans le garde-robe pour qu'il sèche là, et puis elle s'est pendue.

Adrienne se lève, se penche en avant et on dirait qu'elle esquisse une révérence devant son public.

— Je sais tout, moi, il suffit de me laisser raconter jusqu'au bout !

Alors, Henri :

— Et ton Nicky ? Il est allé rejoindre le Rocky et ils se baladent tous les deux ? Il ne reviendra pas, ton Rocky, c'est comme fifille !

Le vieux Maurice braille, Henri le retraité vibre comme jamais sur sa chaise et Jack est comme jamais confondu dans l'ombre. Adrienne fixe Henri comme si elle le voyait pour la première fois, et elle crie :

— Je vais te dire, je vais leur dire, à eux, ce qui est arrivé à fifille !

Adrienne sent que le temps presse. Jamais le froid et le noir n'ont été aussi lourds. Le vent fait battre au dehors les sacs-poubelles. L'électricité reviendra avant l'aube, et avant, la radio sera sans doute revenue, et avant midi, on aura fait sauter les hauts murs de neige. On apprendra qu'ils n'avaient pas été tout seuls à être pris de la sorte, entre deux chaussées affaissées, qu'ils étaient peut-être trois, quatre, dix bouts de rues comme ça.

Adrienne se dit que demain, il sera trop tard et que dès lundi, les enfants reviendront à l'école et les poubelles seront ramassées.

L'histoire de fifille

Ils sont toujours assis sur leurs trois chaises. Les chandelles allongent les ombres, il fait de plus en plus froid et voilà qu'ils sursautent en chœur. C'est Jack qui parle :

— Mademoiselle Rita, elle voulait toujours venir me voir pour me parler de sa maman, c'était terrible, je n'aimais pas qu'elle me parle de sa maman.

Ils le sentent trembler de tout son grand corps. Ils ont peur tout à coup qu'il fasse un pas, qu'il arrête de rester là comme il était, comme pétrifié dans l'ouverture de la porte et c'était très bien ainsi.

— Ben voyons, c'est bien sûr, comme s'il pouvait y avoir sur terre une autre maman que la maman de Jack le concierge !

C'est le vieux Maurice au chien qui a ricané ça.

De nouveau le silence. Une chandelle s'est éteinte. Le noir commence à dessiner des ombres de fin de nuit.

Adrienne annonce enfin :

— Je vais vous dire, je vais vous raconter...

Mais Henri le retraité se dépêche de prendre la parole, d'ajouter encore et encore :

— Je vais vous dire, moi, c'est à moi de dire. C'était il y a six ou sept ans, un lundi soir de début d'été, le soir où elle a disparu. C'était le soir du bal des finissants du primaire en face. Elle était comme les autres filles, n'avait envie que de se trémousser, ne pensait qu'à sa robe de bal depuis des mois. Ce soir-là, j'étais assis devant la fenêtre ouverte parce qu'il faisait chaud. Je regardais les garçons et les filles qui sortaient de l'école en riant, tout rouges, excités d'avoir dansé. Les voitures des parents s'amenaient, glissaient et s'arrêtaient le long du trottoir un moment, s'agglutinaient, venaient se poser doucement les unes après les autres. Les enfants continuaient de sortir en criant, couraient vers les voitures dans la grosse chaleur du soir, les portières claquaient et tout ce bal-là paraissait ne jamais finir parce qu'il y avait toujours des voitures qui s'arrêtaient, repartaient et toujours des petits et des petites qui y montaient. Jamais les parents ne les auraient laissés rentrer à la maison à pied, il aurait pu y avoir des maniaques et eux, les enfants, ils avaient beau se donner des airs de grands, ils étaient encore petits, tout petits, vous comprenez ? Mais elle, elle n'avait qu'à traverser la rue pour rentrer chez elle. Et elle ne l'a jamais traversée, la rue. Moi, je suis resté à attendre dans l'aube bleue. Je n'ai pas bougé. Et j'ai si peu bougé depuis. Tout ça, c'est à cause des enfants, ils ont toujours envie de se faire prendre, de se faire caresser.

— Comme les petits chiens, soupire le vieux Maurice.

— Et les chats, c'est la même chose ! crie Adrienne, et ses mains ont quitté les genoux et s'agitent dans l'air, puis elles viennent boucher ses oreilles tandis que Henri crie à son tour :

— Il ne reviendra pas, ton Nicky, c'est comme fifille !

L'ombre de Jack qui tangue :

— Pourquoi est-ce qu'elle me parlait toujours de sa maman à elle ? Il faut que j'aille maintenant, maman m'attend.

Personne ne l'écoute. Parce qu'Adrienne s'est levée et qu'elle se met à hurler à pleins poumons :

— Fifille, elle n'est jamais allée au bal des finissants vu qu'elle n'est jamais allée à l'école vu qu'elle n'a jamais existé ! Et tu le sais, Henri, c'est toi qui as inventé toute cette histoire ! Il y a vingt ans que j'ai perdu le bébé bien avant l'accouchement parce que j'étais bien trop vieille pour avoir un bébé et voilà que tout d'un coup, quand ils t'ont mis à la retraite, quand tu n'as eu plus rien à faire dans la vie que de rester là, face à la fenêtre toutes tes journées, voilà que toi, le fou de retraité, cette folie t'a pris, tu t'es inventé ta fifille sans rien me demander à moi, tu as inventé sa disparition sans me demander si ça me faisait du mal à moi, et ça fait des années que tu m'obliges à vivre dans cette folie-là !

— Pas vrai !

Ils ont l'air de deux lutteurs comme ça, vieux et laids, le souffle court.

— Qu'est-ce qu'on s'en fout, mais qu'est-ce qu'on s'en fout ! ricane le vieux Maurice parce que tout ça ne lui rendra pas Gugusse.

— Et moi ? continue de beugler Adrienne. J'étais bien trop vieille, je vous dis ! A-t-on idée d'attendre et de perdre un bébé à cet âge-là, quand les autres mamans, celles qui ont du bon sens, ont des enfants vrais depuis des années !

Et puis elle crie :

— C'est comme ça quand on me laisse raconter jusqu'au bout !

Cette fois, c'est bien l'aube, plus blême que bleutée, qui effleure les traits et les courbes des trois vieux fatigués, glacés sous les couvertures. Henri somnole sur sa chaise, la bouche ouverte, et il fait beaucoup de bruit. Jack n'est plus là. Les jeunes doivent continuer de dormir en haut.

Quand Adrienne ouvre les yeux, elle voit le vieux Maurice qui gesticule au dehors, qui a l'air de danser autour du banc de neige que forment ses poubelles.

— L'électricité est revenue, dit Christine qui est entrée dans la pièce, fraîche comme une rose.

— Et la télé, ajoute Christian qui entre à son tour. Vous allez voir, ils vont venir nous dégager, avant ce soir, ce sera réglé.

Adrienne regarde le vieux Maurice qui dégage à grand-peine ses sacs-poubelles, les débarrasse de leur neige presque amoureusement. Adrienne pense : « Je n'ai pas eu le temps de tout dire vraiment, de faire le ménage, mais on ne peut jamais tout jeter et vraiment faire le ménage. Et puis, qu'est-ce qu'on va faire maintenant que sa fifille qui n'a jamais existé n'existe plus, il va falloir que je continue de parler d'elle quand même avec Henri, et Nicky, lui, mon Nicky, le seul être qui m'aimait dans la vie, il ne reviendra jamais. »

Dehors, le vieux Maurice hisse un de ses sacs-poubelles bien haut vers le ciel blanc.

Le journal de la bête 6

Depuis, je pèse toujours des tonnes et je continue de tuer et de dépecer des voleurs de poubelles. Mais depuis, je ne suis pas retourné au dépotoir. Parce que, depuis, j'ai trouvé une maman d'homme.

Ça s'est fait bizarrement. Eh bien, j'étais toujours seul, sans père ni mère bien entendu, sans amis et encore moins de frères et sœurs. Or, un jour où j'étais allé, comme je le faisais souvent, arpenter les plaines autour de la ville, voilà que je vois un garçon qui vient vers moi, de l'autre bout de la plaine des raffineries de l'Est. J'ai tout de suite vu son foulard rouge.

J'ai compris que c'était le petit garçon que j'avais été.

— Viens avec moi, me dit-il, on a besoin de toi.

Il souriait et il levait vers moi sa main emmitouflée, sans doute en geste d'amitié.

— On a besoin de toi, répétait le petit.

Je lui ai demandé, vu son insistance, si c'était le Prince noir qui l'envoyait parce qu'il n'était sans doute pas venu tout seul jusqu'ici.

— Si, je suis venu tout seul, comme toi. Tu sais bien que le Prince noir n'existe pas, on a toujours été seuls dans la vie, tous les deux.

Alors, j'ai réfléchi très vite et j'ai dit :

— D'accord, je veux bien aller avec toi, mais il me faut une maman, j'avais une maman goélande avant, je n'ai plus de maman.

Le petit hochait la tête. Il avait l'air de réfléchir lui aussi, sa tignasse agitée par les vents forts qui soufflaient leur haleine acide sur la plaine et ses yeux, comme deux billes noires percées d'éclats argentés, semblaient tourner à toute vitesse.

— D'accord, ça peut s'arranger. Je te dirai où aller. Tu pourras même la choisir, ta maman.

Il me parla alors d'un long corridor d'hôpital dans lequel on entrait par des portes battantes et où l'on marchait en glissant sans bruit comme des patineurs sur un plancher luisant de glace. Il me parla de mamans qui n'avaient plus toute leur tête et qui dormaient sagement dans leur lit blanc de chaque côté de ce couloir, et me dit que je n'aurais pas besoin de réveiller celle que j'aurais choisie pour qu'elle me prenne en adoption.

— Est-ce qu'elle m'aimera ?

À cette question, le petit n'a pas répondu. Il fronçait les sourcils, il trouvait le temps trop long, il s'impatientait.

— C'est à prendre ou à laisser. C'est une chance qu'on t'offre, qui ne repassera pas. Qu'est-ce que tu décides ?

J'ai dit oui.

On est partis tous les deux dans la plaine rase où il n'y avait que le vent et un ciel extraordinairement bas.

Le petit au foulard rouge avait mis sa main dans la mienne. Nous marchions à l'unisson. Les lumières de la ville commençaient à percer le feston des nuages, elles se rapprochaient.

— C'est bien, me dit le petit, tu commences lundi.

Ils vous diront que j'ai quand même dû passer une entrevue pour l'emploi, qu'on se méfiait plutôt de moi au début et qu'on ne savait pas tout de moi non plus, sinon, vous comprendrez qu'on ne m'aurait pas pris.

Moi, tout ce que je sais, c'est que c'est comme ça que je me suis retrouvé dans ce bout de rue.

Le retour des ombres

La première ombre, la plus grande, avait décidé de se tenir sans bouger sur une chaise de la cuisine. L'autre, la plus petite, gesticulait, n'arrêtait pas de se déplacer comme à son habitude, du moins comme la première fois, en faisant beaucoup de bruit à répéter :

— Qu'est-ce qu'il fait noir ici, le soleil ne rentre pas, c'est pas possible !

Dans la rue, il y avait le vacarme des immenses engins, niveleuses et autres, qui prenaient les amas de neige, les déversaient à pelletées tandis que d'autres colmataient comme ils pouvaient la chaussée. De chaque côté du bout de rue, les murs de neige et de glace s'effondraient avec bruit, en chutes de pans bleutés.

— On est samedi, disait l'ombre la plus excitée en humant l'air toujours un peu vicié du deux et demi de Jack. Lundi, peut-être que les enfants pourront revenir.

— Oui, peut-être, dit Jack.

Jack était assis en face de la grande ombre.

La grande ombre le fixait et il y avait dans ses yeux comme une colère que Jack ne comprenait pas.

— Alors, comme ça, il n'y aurait pas eu d'autre avant-bras jeudi, le jour où la tempête a commencé, rien du tout ?

— Rien du tout, dit Jack.

— Rien du tout, répète encore la grande ombre tandis que son énorme ventre se penche, semble prendre toute la pièce. Et l'autre, la fille à côté dans la cabane, qui se pend, c'est quoi, ça, rien du tout ?

— Je n'ai rien à voir là-dedans, dit Jack.

— Bien sûr, dit la deuxième ombre qui bouge sans cesse, j'ai interrogé les autres, de l'autre côté de la rue, eux aussi, la même sérénade, n'ont rien à voir là-dedans !

— Et la petite qui avait disparu et qui ne disparaît plus, c'est quoi, ça ? vocifère le gros ventre.

— Tous fous dans ce bout de rue !

Les deux ombres sont debout maintenant, face à Jack. Elles sont hors d'elles.

— On t'aura à l'œil, dit la grande ombre. On fouillera tes sacs-poubelles. Tiens, t'en n'as pas aujourd'hui, des poubelles ?

— Je n'ai pas eu le temps, dit Jack.

Sa haute carcasse sursaute. Le gros ventre a réussi à se traîner jusqu'au téléviseur, brandit la photo :

— C'est ta mère, ça ?

— Oui, dit Jack.

La photo a été reposée sur le téléviseur. Les ombres marchent vers la porte, grognent en chœur :

— T'as de la chance. Paraît que les enfants t'aiment bien, le directeur de l'école aussi, même si tu laisses traîner des papiers par terre. Mais c'est pas fini, mon vieux, on t'a à l'œil ! On reviendra !

Le front collé contre la vitre, Jack les regarde repartir, patauger dans la rivière sale et boueuse qu'est devenue la rue depuis qu'on a retiré la neige. Le temps s'est beaucoup radouci. On annonce du verglas.

Les adieux

Ils auraient pu se faire dans la maison, les adieux. Pourquoi dans la rue ? C'était un matin de juin infiniment doux. Les feuilles tendres bougeaient doucement autour d'eux, comme étonnées d'être là, au renouveau de leurs frémissements. Et il y avait dans l'air juste ce qu'il fallait de fraîcheur et d'abandon. Et le bout de rue baignait dans tout ça, sous un soleil de satin. Adrienne était debout sur le trottoir, face à la maison aux quatre portes. Elle avait revêtu un tailleur tout neuf bleu trop pâle trop serré. Ce matin-là, on aurait dit qu'Adrienne avait le cœur léger.

Elle répétait et répétait :

— Vous devriez prendre un chien, Monsieur Maurice.

Le vieux Maurice la regardait de ses yeux mouillés, planté en face d'elle sur le trottoir. Il pensait qu'il avait déjà chaud et qu'il détestait l'été.

— On s'en va, dit encore Adrienne. Henri et moi, vous comprenez, on ne peut plus rester devant une école. On s'en va dans un condo en banlieue. On a vendu à un couple avec de jeunes enfants.

Le vieux Maurice oscille dans l'air gorgé de lumière. Il se demande s'il ne ferait pas mieux de rentrer, de retrouver les ombres de son intérieur, lui qui, depuis le départ de Christine, passe sa vie à écouter les bruits du silence.

— Ils vont habiter le bas et louer le haut, c'est mieux comme ça quand on a des enfants, dit Adrienne. Vous allez voir, vous allez bien vous entendre.

Henri le retraité descend l'escalier péniblement, en se tenant à la rampe. Ses joues n'ont jamais été aussi grises et le soleil glisse sur son long corps triste sans vouloir s'y arrêter.

— Un chien ? Prendre un autre chien ? grogne le vieux Maurice. Pour me le faire tuer lui aussi et sécher dans un placard ?

— Nous, au moins, on habitera un quartier où il n'y a pas d'école, pas d'enfants. Hein, Henri ?

Adrienne se tourne vers Henri le retraité, sa voix n'a jamais été aussi petite, son rire aussi faux.

Le vieux Maurice se dit qu'il va rester tout seul et il entend déjà le vacarme de la jeune famille qui va arriver et les cris des enfants et la vie qui remue là où Gugusse a été tué.

— Vous devriez prendre un autre chien, répète encore Adrienne. Remarquez, moi, prendre un chaton, je ne pourrais pas.

Et elle dit qu'elle n'aime que les matous obèses qui se traînent sur le sol avec des yeux gros et ronds comme des soucoupes.

« C'est vrai qu'elle n'a jamais retrouvé son Nicky, se dit Maurice. Et moi, je n'ai jamais eu de nouvelles de Christine, et moi, je ne louerai plus jamais le haut. »

Le camion de déménagement a avalé toute la matinée les possessions du couple de retraités. Un lointain neveu attend dans la voiture garée un peu plus loin le long du trottoir. Henri passe avec une esquisse de geste d'au revoir de la main. Maurice fait semblant de ne pas le voir.

— Allez, promettez-moi, un petit, un tout petit chien !

Adrienne insiste.

— Oui, dit le vieux Maurice.

Et il hoche la tête.

C'est maintenant, alors que tout est fini ou presque, que Jack le concierge choisit pour venir se planter derrière la vitre de sa fenêtre, de l'autre côté de la rue.

Adrienne veut ajouter :

— Pour le grand Jack, vous savez, je n'ai dit à personne que sa mère n'est pas sa mère. Mais il sait que je sais. Il paraît que la police n'a toujours rien trouvé à propos de l'avant-bras mais c'est du passé.

Le vieux Maurice hausse les épaules. Il a de plus en plus chaud, il n'aurait pas dû mettre de chandail et il sue. Il dit :

— Les voleurs de poubelles ne sont jamais revenus.

— Moi, je regrette de ne pas m'être occupée plus du corps de Mademoiselle Rita. Il paraît qu'il n'a jamais été réclamé. Pas de famille, on a dit, une mère folle et c'est tout. C'est triste, finir comme ça. Et puis, sa mère folle, c'était peut-être pas sa mère non plus.

Adrienne rigole comme ça, pour rien. Les deux hommes qui l'attendent dans la voiture lui font des gestes exaspérés.

— On meurt tous comme des rats, dit le vieux Maurice.

— On meurt comme on peut, veut rire encore Adrienne.

Et puis elle lance, toute bleue trop pâle dans le soleil de juin :

— Adieu. Vous penserez à moi quand vous sortirez vos poubelles ?

Adrienne tend sa petite main. Le vieux Maurice a envie de la prendre tout contre lui.

— N'oubliez pas, un petit chien !

Adrienne part en tanguant sur ses jambes courtes.

La voiture a décollé, tourné à droite du bout de rue. C'est vraiment une belle journée. Les oiseaux se sont mis de la partie, c'est l'heure de la récréation et on entend le vacarme suraigu des cris des enfants dans la cour.

Le vieux Maurice remonte l'escalier, claque la porte derrière lui, il est essoufflé comme s'il avait longtemps couru.

La haute silhouette de Jack n'est plus derrière la fenêtre.

Le journal de la bête 7

De temps en temps, comme je viens de le faire et comme je le fais de plus en plus souvent, je mets mon foulard rouge avant d'aller à la fenêtre.

Ce matin, les enfants m'ont salué à leur façon en passant devant la fenêtre côté cour. Ils sont contents parce qu'on est en juin et que ce sera bientôt les vacances.

Tant mieux parce que, eux partis, moi, j'aurai plus de temps, je suis très occupé. Maintenant, j'ai deux mamans.

Du côté rue, j'ai vu partir le couple de retraités et le vieux Maurice remonter chez lui en se traînant.

Ce soir, c'est lundi, premier jour des poubelles mais je peux vous dire que c'est bien fini. Je ne vais plus découper en morceaux des voleurs de poubelles dans les ruelles et essayer de fourguer tout ça dans mes sacs en pièces détachées. Comme ça, je n'ai plus à essayer d'arrondir les angles des os avec des journaux. Plus de course à l'angoisse avant l'arrivée des hommes poubelles, quand je perdais de vue mon sac dodu et que je m'agitais dans tous les sens tandis que les autres du bout de rue me reluquaient, plus de risque d'avant-bras sur le trottoir, plus d'exaltation, plus de bête, plus de justicier.

Maintenant, j'ai compris que je ne pourrai jamais protéger tous nos restes des mains sales des pilleurs ni venger tous les petits d'ordures.

Et puis je n'ai plus le temps. Maintenant, j'ai deux mamans.

La preuve, les deux photos sur le téléviseur. La nouvelle maman, j'ai dû aller la chercher chez Mademoiselle Rita. Je suis allé voir Rita une première fois le lundi, premier soir des poubelles, avant le premier avant-bras. Elle avait l'air tout heureuse de me voir. C'était la première fois dans ma vie que quelqu'un avait l'air heureux de me voir. Je lui ai demandé de partager sa maman avec moi. Alors elle m'a dit de revenir le jeudi, que tout serait prêt. Quand je suis reparti, elle avait l'air agitée, comme un animal qui sent la tempête. Elle avait compris que c'était une question de jours et que j'étais d'accord pour faire ce qu'elle attendait de moi.

Je suis retourné chez Mademoiselle Rita le jeudi, après que les policiers sont venus et repartis, avant la tempête. J'ai juste eu le temps de la pendre. Elle n'avait qu'à pas me parler toujours de sa mère, à me dire qu'elle était dans le même hôpital que la mienne et que ma maman à moi n'était pas ma maman. C'est pour régler tout ça que je suis allé chez elle ce jeudi soir-là où la grande tempête a commencé. Elle m'attendait. Elle m'a souri, elle savait que j'allais la pendre. Elle avait tout préparé, m'a montré la photo de sa mère qu'elle avait posée pour moi sur la table du salon. Je l'ai aidée à entourer son tout petit cou d'une corde et à faire le bond du crochet fixé au plafond. Avant, elle a eu comme un gémissement de bébé. J'ai compris qu'elle me remerciait, et c'est vrai que c'est ce qu'elle espérait de moi depuis le début. Elle était si petite, si légère. Elle m'a seulement demandé de lui mettre ses lunettes sur le nez quand tout serait fini. Je lui ai mis ses lunettes de soleil sur le nez, j'ai pris la photo de sa mère et je suis parti. Et puis après, pour fêter ça, j'ai illuminé l'école.

Mes deux mamans ne se parlent pas entre elles. Elles ne parlent pas tout court. Elles ne savent même plus sans doute qu'elles existent. Elles ne me posent d'ailleurs aucune question quand je vais les voir. Elles regardent ailleurs, et j'ai appris à ne plus parler non plus. Je ne montre plus leurs photos à tout le monde. J'ai trop peur qu'on trouve ça bizarre, avoir deux mamans.

Un jour, ils sauront pour tous les voleurs de poubelles que j'ai tués, ils trouveront peut-être quelque chose contre moi, quelque chose de tellement gros qu'ils voudront m'arrêter, m'enfermer dans une cellule toute noire d'où je ne pourrai plus voir les enfants, le camion de poubelles avec ses loupiotes qui dansent ni les deux vieux visages fripés de mince porcelaine qui m'accueillent, les yeux ailleurs.

Un jour peut-être les ombres me prendront et voudront m'avaler dans leurs gueules de ténèbres, mais vous me connaissez maintenant, vous savez que je ne me laisserai pas faire, parce que je vais vous dire, moi, je vais vous raconter. Parce que moi, le petit d'homme rejeté, je n'aurai peut-être plus un jour mes mamans, mais j'aurai toujours ma maman goélande et elle, elle sait voler. Et elle viendra me voir dans ma prison, fracassant tout sur son passage de ses ailes de géante, les murs et les toits et les barreaux, et le Prince noir sera là lui aussi, et mes amis du dépotoir, ils seront tous là quand l'heure viendra, pour venir délivrer l'enfant-déchet.

Et alors, je te le dis, maman goélande, je m'envolerai pour toujours hors de la cellule remplie d'ombres, vers les lumières de Noël, encore plus vives et tendres que les premières lueurs de mes premières nuits.

On dit que les chats Nicky et Rocky ont été retrouvés début juillet cette année-là, un peu plus d'un mois après le départ d'Adrienne. Ils étaient devenus des chats errants. Ils s'étaient rapprochés du bout de rue quand on a mis la main dessus. On les a emportés à la fourrière municipale et on les a tués. Ils étaient trop laids pour être adoptés et, de toute manière, trop vieux pour se trouver une nouvelle maman.

RÉCITS et ROMANS
aux Éditions Triptyque

Clément, Michel-E. *Phée Bonheur* (roman), 1999, 283 p.

Clément, Michel-E. *Sainte-Fumée* (roman), 2001, 361 p.

Cliche, Anne-Élaine. *La Pisseuse* (roman), 1992, 243 p.

Cliche, Anne-Élaine. *La Sainte Famille* (roman), 1994, 242 p.

Cliche, Mireille. *Les Longs Détours* (roman), 1991, 128 p.

Collectif. *La Maison d'éclats* (récits), 1989, 116 p.

Corbeil, Marie-Claire. *Tess dans la tête de William* (récit), 1999, 92 p.

Côté, Bianca. *La Chienne d'amour* (récit), 1989, 92 p.

Daigle, Jean. *Un livre d'histoires* (récits), 1996, 105 p.

Daigneault, Nicolas. *Les Inutilités comparatives* (nouvelles), 2002, 134 p.

Dandurand, Anne. *Voilà, c'est moi : c'est rien, j'angoisse* (récits), 1987, 84 p.

Daneau, Robert. *Le Jardin* (roman), 1997, 167 p.

Depierre, Marie-Ange. *Une petite liberté* (récits), 1989, 104 p.

Déry-Mochon, Jacqueline. *Clara* (roman), 1986, 84 p.

Désaulniers, Lucie. *Occupation double* (roman), 1990, 102 p.

Desfossés, Jacques. *Tous les tyrans portent la moustache* (roman), 1999, 271 p.

Desfossés, Jacques. *Magma* (roman), 2000, 177 p.

Desrosiers, Sylvie. *Bonne nuit, bons rêves, pas de puces, pas de punaises* (roman), 1998 (1995), 201 p.

Desruisseaux, Pierre. *Pop Wooh, le livre du temps, Histoire sacrée des Mayas quichés* (récit), 2002, 252 p.

Diamond, Lynn. *Nous avons l'âge de la Terre* (roman), 1994, 157 p.

Diamond, Lynn. *Le Passé sous nos pas* (roman), 1999, 200 p.

Diamond, Lynn. *Le Corps de mon frère* (roman), 2002, 208 p.

Duhaime, André. *Clairs de nuit* (récits), 1988, 125 p.

Dupuis, Hervé. *Voir ailleurs* (récit), 1995, 211 p.

Dussault, Danielle. *Le Vent du monde* (récits), 1987, 116 p.

Forand, Claude. *Le Cri du chat* (polar), 1999, 214 p.

Forest, Jean. *Comme c'est curieux... l'Espagne !* (récit), 1994, 119 p.

Forest, Jean. *Jean Forest chez les Anglais* (récit), 1999, 168 p.

Fortin, Julien. *Chien levé en beau fusil* (nouvelles), 2002, 152 p.

Fournier, Danielle. *Les Mardis de la paternité* (roman), 1983, 109 p.

Fournier, Danielle et Coiteux, Louise. *De ce nom de l'amour* (récits), 1985, 150 p.

Francœur, Louis et Marie. *Plus fort que la mort* (récit-témoignage), 2000, 208 p.

Fugère, Jean-Paul. *Georgette de Batiscan* (roman), 1993, 191 p.

Gagnon, Alain. *Lélie ou la vie horizontale* (roman), 2003, 121 p.

Gagnon, Alain. *Jakob fils de Jakob* (roman), 2004, 166 p.

Gagnon, Daniel. *Loulou* (roman), 2002 (1976), 158 p.

Gagnon, Lucie. *Quel jour sommes-nous ?* (récits), 1991, 96 p.

Gauthier, Yves. *Flore ô Flore* (roman), 1993, 125 p.

Gélinas, Pierre. *La Neige* (roman), 1996, 214 p.

Gélinas, Pierre. *Le Soleil* (roman), 1999, 219 p.

Gervais, Bertrand. *Ce n'est écrit nulle part* (récits), 2001, 90 p.

Gobeil, Pierre. *La Mort de Marlon Brando* (roman), 1989 (1998), 135 p.

Gobeil, Pierre. *La Cloche de verre* (roman), 2005, 151 p.

Gosselin, Michel. *La Fin des jeux* (roman), 1986, 147 p.

Gosselin, Michel. *La Mémoire de sable* (roman), 1991, 140 p.

Gosselin, Michel. *Tête première* (roman), 1995, 156 p.

Gosselin, Michel. *Le Repos piégé* (roman), 2000 (1988), 188 p.

Gray, Sir Robert. *Mémoires d'un homme de ménage en territoire ennemi* (roman), 1998, 188 p.

Guénette, Daniel. *J. Desrapes* (roman), 1988, 149 p.

Guénette, Daniel. *L'Écharpe d'Iris* (roman), 1991, 300 p.

Guénette, Daniel. *Jean de la Lune* (roman), 1994, 229 p.

Harvey, François. *Zéro-Zéro* (roman), 1999, 172 p.

Jacob, Diane. *Le vertige de David* (roman), 2006, 155 p.

Julien, Jacques. *Le Divan* (récits), 1990, 74 p.

Julien, Jacques. *Le Cerf forcé* (roman), 1993, 174 p.

Julien, Jacques. *Le Rêveur roux : Kachouane* (roman), 1998, 206 p.

Julien, Jacques. *Big Bear, la révolte* (roman), 2004, 230 p.

Kimm, D. *Ô Solitude !* (récits), 1987, 142 p.

Lacasse, Lise. *L'Échappée* (roman), 1998, 216 p.

Laferrière, Alexandre. *Début et fin d'un espresso* (roman), 2002, 232 p.

Laferrière, Alexandre. *Pour une croûte* (roman), 2005, 120 p.

Lamontagne, Patricia. *Somnolences* (roman), 2001, 126 p.

Landry, François. *La Tour de Priape* (récit), 1993, 88 p.

Landry, François. *Le Comédon* (roman), 1997 (1993), 410 p.

Landry, François. *Le Nombril des aveugles* (roman), 2001, 267 p.

LaRochelle, Luc. *Amours et autres détours* (récits), 2002, 124 p.

Lavallée, Dominique. *Étonnez-moi, mais pas trop !* (nouvelles), 2004, 121 p.

Lavallée, François. *Le Tout est de ne pas le dire* (nouvelles), 2001, 173 p.

Laverdure, Bertrand. *Gomme de xanthane* (roman), 2006, 199 p.

Le Maner, Monique. *Ma chère Margot,* (roman), 2001, 192 p.

Le Maner, Monique. *La Dérive de l'Éponge* (roman), 2004, 155 p.

Le Maner, Monique. *Maman goélande* (roman), 2006, 156 p.

Lemay, Grégory. *Le Sourire des animaux* (roman), 2003, 110 p.

Lepage, Sophie. *Lèche-vitrine* (roman), 2005, 147 p.

Lépine, Hélène. *Kiskéya* (roman), 1996, 147 p.

Lévy, Bernard. *Comment se comprendre autrement que par erreur* (dialogues), 1996, 77 p.

Lévy, Bernard. *Un sourire incertain* (récits), 1996, 152 p.

Maes, Isabelle. *Lettres d'une Ophélie* (récits), 1994, 68 p.

Manseau, Pierre. *L'Île de l'Adoration* (roman), 1991, 180 p.

Manseau, Pierre. *Quartier des hommes* (roman), 1992, 207 p.

Manseau, Pierre. *Marcher la nuit* (roman), 1995, 153 p.

Manseau, Pierre. *Le Chant des pigeons* (nouvelles), 1996, 167 p.

Manseau, Pierre. *La Cour des miracles* (roman), 1999, 280 p.

Manseau, Pierre. *Les Bruits de la terre* (récits), 2000, 176 p.

Manseau, Martin. *J'aurais voulu être beau* (récits), 2001, 144 p.

Martel, Jean-Pierre. *La Trop Belle Mort* (roman), 2000, 238 p.

Martin, Daniel. *La Solitude est un plat qui se mange seul* (nouvelles), 1999, 145 p.

McComber, Éric. *Antarctique* (roman), 2002, 175 p.

McComber, Éric. *La Mort au corps* (roman), 2005, 303 p.

Ménard, Marc. *Itinérances* (roman), 2001, 242 p.

Messier, Judith. *Jeff !* (roman), 1988, 216 p.

Michaud, Nando. *Le Hasard défait bien des choses* (polar), 2000, 216 p.

Michaud, Nando. *Un pied dans l'hécatombe* (polar), 2001, 241 p.

Michaud, Nando. *Virages dangereux et autres mauvais tournants* (nouvelles), 2003, 181 p.

Monette, Pierre. *Trente ans dans la peau* (roman), 1990, 112 p.

Moutier, Maxime-Olivier. *Potence Machine* (récits), 1996, 109 p.

Moutier, Maxime-Olivier. *Risible et noir* (récits), 1998 (1997), 164 p.

Moutier, Maxime-Olivier. *Marie-Hélène au mois de mars* (roman), 2001 (1998), 162 p.

Neveu, Denise. *De fleurs et de chocolats* (récits), 1993, 96 p.

Neveu, Denise. *Des erreurs monumentales* (roman), 1996, 121 p.

Nicol, Patrick. *Petits problèmes et aventures moyennes* (récits), 1993, 96 p.

Nicol, Patrick. *Les Années confuses* (récits), 1996, 95 p.

Nicol, Patrick. *La Blonde de Patrick Nicol* (roman), 2005, 93 p.

Noël, Denise. *La Bonne Adresse* suivi de *Le Manuscrit du temps fou* (récits), 1995, 161 p.

O'Neil, Huguette. *Belle-Moue* (roman), 1992, 95 p.

O'Neil, Huguette. *Fascinante Nelly* (récits), 1996, 127 p.

Painchaud, Jeanne. *Le Tour du sein* (récits), 1992, 95 p.

Paquette, André. *La Lune ne parle pas* (récits), 1996, 159 p.

Paquette, André. *Les Taches du soleil* (récits), 1997, 219 p.

Paquette, André. *Première expédition chez les sauvages* (roman), 2000, 180 p.

Paquette, André. *Parcours d'un combattant* (roman), 2002, 183 p.

Paré, Marc-André. *Chassés-croisés sur vert plancton* (récits), 1989, 92 p.

Paré, Marc-André. *Éclipses* (récits), 1990, 98 p.

Pascal, Gabrielle. *L'Été qui dura six ans* (roman), 1997, 115 p.

Pascal, Gabrielle. *Le Médaillon de nacre* (roman), 1999, 180 p.

Patenaude, Monique. *Made in Auroville, India* (roman), 2004, 211 p.

Pépin, Pierre-Yves. *La Terre émue* (récits), 1986, 65 p.

Pépin, Pierre-Yves. *Le Diable des marais* (contes), 1987, 136 p.

Perreault, Guy. *Ne me quittez pas !* (récits), 1998, 113 p.

Perreault, Guy. *Les Grands Brûlés* (récits), 1999, 173 p.

Poitras, Marie Hélène. *Soudain le Minotaure* (roman), 2002, 178 p.

Poitras, Marie Hélène. *La Mort de Mignonne et autres histoires* (nouvelles), 2005, 171 p.

Poulin, Aline. *Dans la glace des autres* (récits), 1995, 97 p.

Quintin, Aurélien. *Barbe-Rouge au Bassin* (récits), 1988, 257 p.

Quintin, Aurélien. *Chroniques du rang IV* (roman), 1992, 193 p.

Raymond, Richard. *Morsures* (nouvelles), 1994, 169 p.

Renaud, France. *Contes de sable et de pierres* (récits), 2003, 152 p.

Renaud, Thérèse. *Subterfuges et sortilèges* (récits), 1988, 144 p.

Robitaille, Geneviève. *Chez moi* (récit), 1999, 142 p.

Robitaille, Geneviève. *Mes jours sont vos heures* (récit), 2001, 116 p.

Saint-Pierre, Jacques. *Séquences* ou *Trois jours en novembre* (roman), 1990, 134 p.

Schweitzer, Ludovic. *Vocations* (roman), 2003, 188 p.

Shields, Carol. *Miracles en série* (nouvelles), 2004, 232 p.

Soudeyns, Maurice. *Visuel en 20 tableaux* (proses), 2003, 88 p.

St-Onge, Daniel. *Llanganati* ou *La Malédiction de l'Inca* (roman), 1995, 214 p.

St-Onge, Daniel. *Trekking* (roman), 1998, 240 p.

St-Onge, Daniel. *Le Gri-gri* (roman), 2001, 197 p.

Strano, Carmen. *Les Jours de lumière* (roman), 2001, 246 p.

Strano, Carmen. *Le Cavalier bleu* (roman), 2006, 251 p.

Tétreau, François. *Le Lai de la clowne* (récit), 1994, 93 p.

Thibault, André. *Schoenberg* (polar), 1994, 175 p.

To, My Lan. *Cahier d'été* (récit), 2000, 94 p.

Turcotte, Élise. *La Mer à boire* (récit), 1980, 24 p.

Turgeon, Paule. *Au coin de Guy et René-Lévesque* (polar), 2003, 214 p.

Vaillancourt, Claude. *L'Eunuque à la voix d'or* (nouvelles), 1997, 159 p.

Vaillancourt, Claude. *Les Onze Fils* (roman), 2000, 619 p.

Vaillancourt, Claude. *Réversibilité* (roman), 2005, 256 p.

Vaillancourt, Claude. *Le Conservatoire* (roman), 1990 (2005), 196 p.

Vaillancourt, Marc. *Le Petit Chosier* (récits), 1995, 184 p.

Vaillancourt, Marc. *Un travelo nommé Daisy* (roman), 2004, 185 p.

Vaillancourt, Yves. *Winter et autres récits* (récits), 2000, 100 p.

Vaïs, Marc. *Pour tourner la page*, 2005, 113 p.

Valcke, Louis. *Un pèlerin à vélo* (récit), 1997, 192 p.

Vallée, Manon. *Celle qui lisait* (nouvelles), 1998, 149 p.

Varèze, Dorothée. *Chemins sans carrosses* (récits), 2000, 134 p.

Villeneuve, Marie-Paule. *Derniers quarts de travail* (nouvelles), 2004, 105 p.

MEMBRE DU GROUPE SCABRINI

Québec, Canada
2006